KB099949

호감 받고 성공 더!

호감 받고 성공 더! 3

인기영 장편소설

초판 1쇄 찍은 날 § 2017년 5월 25일
초판 1쇄 펴낸 날 § 2017년 6월 1일

지은이 § 인기영
펴낸이 § 서경석

편집책임 § 김경민

펴낸곳 § 도서출판 청어람
등록번호 § 제387-1999-000006호
등록일자 § 1999. 5. 31
어람번호 § 제1-2707호

주소 § 경기도 부천시 부일로 483번길 40 서경B/D 3F (우) 14640
전화 § 032-656-4452 팩스 § 032-656-4453
http://www.chungeoram.com
E-mail § chungeorambook@daum.net

ISBN 979-11-04-91351-8 04810
ISBN 979-11-04-91303-7 (세트)

Contents

Liking 26

거짓말×3

[퀘스트 발동 — 일을 하다가 잘 풀리지 않아 카페로 나온 채소다. 그녀의 기분 전환을 도와주세요. 제한 시간 2시간.]

[퀘스트: 채소다를 기분 좋게 해주세요. 우울도 77/100—연계.

제한 시간: 2시간. 퀘스트 실패 시 무작위 능력 하나가 핵으로 파기됨.]

'제한 시간 2시간 안에 채소다의 기분을 풀어줘야 한다고?'

—그렇답니다.

어째서 이런 뜬딴지같은 퀘스트가 뜬 것이냐 따지고 싶었으나 김두찬은 참았다.

지금까지 패턴으로 봐서 이 퀘스트도 결국 김두찬에게 큰 도움이 되는 방향으로 이어질 게 분명했기 때문이다.

일단 지금은 그것 말고 더 궁금한 게 있었다.

'연계는 뭐야?'

─퀘스트를 클리어하면 또 다른 퀘스트가 연계되어 나타난답니다.

'에이. 그건 그냥 퀘스트 하나를 더 하라는 거 아냐?'

─마지막 퀘스트인데 난이도가 똑같으면 되겠어요? 그렇다고 너무 걱정하지 마세요. 이번 연계 퀘스트는 비교적 쉬운 거랍니다.

'으음… 그건 그렇고. 왜 호감도가 60인 거지?'

길드 정모에서 다들 헤어질 때 그녀의 호감도는 90이었다.

그런데 며칠 못 본 사이 60까지 하락해 있었다.

─그게 정상이랍니다. 두찬 님과 지속적인 연결 고리가 없는 사람들의 호감도는 당연히 떨어지기 마련이죠.

'아… 그렇겠네.'

지금까지 주로 가족이나 학교 과 친구들만 만나는 바람에 그런 경우에 대해서는 생각을 못 해봤다.

아울러 과 친구들의 호감도를 일일이 기억하지도 않았다.

기억력 랭크가 있으니 마음먹고 기억하려 했다면 몰라도 그런 시도 자체를 안 했다.

그렇다 보니 몇몇의 호감도가 미세하게 하락했음에도 김두 찬은 이를 인지하지 못했다.

그래도 그렇지 60은 너무 많이 떨어진 게 아닌가 싶었다.

김두찬의 내심을 읽은 로나가 부연 설명을 덧붙였다.

—사람마다 호감도의 상승 폭이 다르듯 하락 폭도 전부 다 르답니다. 채소다 님의 경우 그때그때의 분위기를 즐기는 타 입인 데다가 눈에서 멀어지면 마음에서도 빠르게 멀어지는 유 형이랍니다. 아울러 자신의 기분이 다운되면 주변의 모든 것 들이 전부 짜증 나는 성향도 보이네요. 그 모든 것들이 종합 되어 호감도가 60까지 내려간 것이랍니다.

'아, 그렇군.'

김두찬은 그제야 상황을 이해했다.

그리고 잊고 있던 사실을 하나 상기시켰다.

인생 역전은 게임이지만 김두찬의 현실, 즉 지구라는 이 세 상에 기반을 두고 있다.

이 세상에 살아가는 모든 사람들은 각자의 성향이라는 것 이 있다.

김두찬은 게임 속에서 얻은 힘으로 그들의 호감도를 조금 더 쉽게 끌어올릴 수 있을 뿐이다.

그는 신이 아니다.

게임 속 플레이어이자 현실을 살아가는 똑같은 사람 중 한 명이다.

때문에 올려놓은 상대방의 호감도가 이유도 없이 하락할 수도 있는 게 당연한 일이었다.

친구끼리 친하게 지내다가도 연락이 뜸해지면 멀어지는 게 현실이다.

게임, 인생 역전도 그랬다.

―그럼 어서 무슨 행동이라도 하는 게 좋지 않을까요? 이러는 동안에도 시간은 흘러간답니다.

'아차차.'

이번 퀘스트에는 제한 시간이 걸려 있다.

그 시간을 넘기게 되면 퀘스트는 실패, 하트의 한 조각은 붉은색을 잃고 능력치까지 강제로 파기된다.

김두찬이 채소다에게 물었다.

"앉아도 돼요?"

"된다고 해야 할지, 아니라고 해야 할지."

"왜요?"

"마음이 심란해서… 뭔가 전환하고는 싶은데, 다른 일을 한다고 집중이 될지 모르겠어요."

"일이 잘 안 풀려서 그래요?"

"네."

한데 이상했다.

무슨 일을 하기에 평일 이 시간에 카페에서 노트북을 두들기고 있는 걸까?

"혹시 제가 도와드릴 수 있는 일이면⋯⋯."

"아녜요. 못 도와줘요. 흐아아, 심란해에에에에."

채소다가 푹 젖은 빨래처럼 의자에 축 늘어졌다.

그러더니 혼 나간 시체처럼 중얼댔다.

"이놈의 안여돼."

"⋯⋯!"

별안간 튀어나온 채소다의 말에 김두찬의 어깨가 움찔거렸다.

김두찬이 조심스레 그녀에게 물었다.

"방금⋯ 뭐라고?"

"네?"

"안여돼라고 한 것 같은데 맞아요?"

"아! 그, 어⋯ 저기⋯ 네."

"무슨 뜻인 줄 알아요, 그게?"

"안경 여드름 돼지."

"⋯⋯."

김두찬은 괜히 쓰리는 마음속 한 곳을 애써 외면하고 대화를 이어나갔다.

"근데 안여돼는 왜요?"

"아⋯ 그러니까 제, 제 친구 중에 딱 그런 스타일인 애가 있는데 주변 사람들의 어떠한 음⋯ 선입견 때문에 스트레스를 너무 받는대요. 그래서 뭔가 위로해 줄 만한 방법이 없을까 고민하고 있었어요."

"그렇군요."

대답은 그렇게 했지만 김두찬은 채소다의 말을 전혀 믿지
않았다.

그녀의 다리가 달달 떨리고 얼굴은 경직되어 있었다.

거짓말을 참 못하는 타입이었다.

하지만 한 가지.

안여돼라는 말을 저도 모르게 했다는 건, 지금 채소다의
일을 틀어막고 있는 원인이 거기에 있을 가능성이 높았다.

일단은 그녀의 관심을 끄는 게 중요했다.

"저… 제 주변에도 그런 사람이 한 명 있어요."

"네?"

"제 절친인데 딱 그런 스타일이에요."

"정말요?"

역시나 채소다가 눈을 크게 뜨며 관심을 드러냈다.

"네. 그래서 여러 가지로 많이 힘들어해요."

"어, 어떤데요? 그 친구에 대해 자세히 좀 얘기해 주세요! 일
단 그런 상황에 대해 잘 알아야 위로를 해도 해줄 수 있지 않
겠어요? 그렇죠?"

"그… 렇겠죠?"

"응응. 그래서 궁금한 거예요."

이 여자 정말 거짓말 못하는구나.

김두찬은 속말은 감추고서 자신의 예전 모습을 떠올렸다.

"그 친구는 매사에 자신감이 없어요. 외모 콤플렉스 때문이죠. 어디를 가든, 누구를 만나든, 하나같이 자신을 외모로 먼저 평가하거든요. 뚱뚱하고, 키는 작고, 얼굴엔 여드름이 가득하고, 피부도 안 좋고⋯ 아무래도 좋은 인상을 주기가 힘들죠."

"응, 그렇겠죠?"

"그래서 그 친구는 사람들을 만나는 것보단 혼자서 지내는 일상에 더 익숙해져 있어요. 취미도 전부 혼자 할 수 있는 그런 것들뿐이죠."

"혼자 할 수 있는 것들이라고 하면?"

"영화 보기, 프라모델 조립하기, 온라인 게임, 소설 읽기 같은 거요."

"아! 메모 좀 할게요."

채소다가 닫았던 노트북을 열어 타자를 두들겼다.

타타탁.

"그 친구는 이 세상이 외모 지상주의라고 생각하며 살아왔어요. 결국 외모 때문에 자신이 더 피해를 보고 사는 거라 믿었죠. 그런데 따지고 보면 그 친구보다 못생겼어도 얼마든지 잘 사는 사람들이 많거든요? 국민 개그맨 신대욱도 그렇고, 온갖 선행으로 천사라는 별명이 붙은 작가 강진철도 그렇고. 붓질 한 번에 수억대 작품을 만들어내는 화가 정필현도 그래요."

꿈속에서 로나를 만나 대화를 나누며 무조건 외모 때문에 이 세상은 살아가기 힘들다는 편견이 많이 바뀌었다.

이후 남들보다 못한 외모를 가졌어도 누구보다 성공하고, 존경받는 사람들을 검색해 본 적이 있었다.

"하지만 그 친구는 아직 그걸 모르고 있어요. 그렇다 보니 꿈도 작가라는 쪽으로 굳어졌죠."

"작가요?"

"사무실에 출퇴근할 일 없고, 다른 사람과 교류가 적고, 무엇보다 혼자서 일할 수 있으니까 그게 제일 좋았던 거예요."

"아, 그렇겠네요."

말을 하며 김두찬은 자신의 꿈에 대해 생각해 봤다.

방금 말한 대로 그는 사람과의 교류가 두려워 작가의 길을 택했었다.

하지만 그런 상황에서 벗어난 지금도 김두찬은 작가의 꿈을 놓지 않고 있었다.

아직 어떻게 해야 작가의 길을 갈 수 있는지 몰라 겉돌고 있으나 무슨 일이 있어도 머릿속에 있는 세상을 펼쳐놓고 싶었다.

사실 아무도 모르게 조금씩 써놓은 습작이 몇 편 있었다.

보잘것없는 이야기들이었으나 김두찬은 그 글을 적어나갈 때 정말 행복했다.

'맞아… 그랬었어.'

처음에는 그저 혼자서 일할 수 있는 직업을 택하려고 작가의 길을 걸으려 했다.

그런데 어느 순간부터 글을 쓰는 게 정말로 즐거워졌다.

한데 그런 사실은 까맣게 잊어버리고 있었다.

김두찬은 비로소 자신이 외모 때문이 아닌, 창작하는 것 자체가 즐겁기 때문에 작가의 길이 걷고 싶었음을 깨달았다.

이후로도 김두찬은 예전의 자신에 대해 이것저것을 말해주었다.

채소다는 그걸 열심히 메모했다.

*   *   *

김두찬은 30분가량을 혼자서 떠들었다.

"뭐… 이 정도겠네요."

"후아~"

채소다는 타자에서 손을 내리고 아메리카노를 마셨다.

"꿀꺽! 크으으으, 쓰다."

"쓴데 왜 먹어요?"

"향이 좋아서요. 사실은 복숭아 아이스티 즐겨 마시는데 오늘은 도시 여자 분위기 내고 싶어서, 헤헤."

김두찬이 채소다의 머리 위를 살폈다.

호감도가 72로 올라 있었다.

[퀘스트: 채소다를 기분 좋게 해주세요. 우울도 34/100—연계.

제한 시간: 1시간 28분. 퀘스트 실패 시 무작위 능력 하나가 핵으로 파기됨.]

우울도도 77에서 34로 확 줄어 있었다.

확실히 지금 김두찬이 해준 이야기가 채소다에겐 필요했던 것이다.

"이제 해결됐나요?"

"네! 일이 잘… 아니, 친구를 잘 위로해 줄 수 있을 것 같아요."

"다행이네요."

그녀가 무슨 일을 하기에 이런 얘기가 필요한 건지는 몰라도 막혔던 건 해결된 모양이다.

하지만 우울도는 34에서 더 이상 내려가지 않았다.

'애초에 퀘스트 자체가 막힌 일을 뚫어주라는 게 아니지.'

채소다의 기분을 전환시켜 줘야 하는 게 퀘스트의 요지다.

어떻게 하면 그녀의 기분이 나아질까 고민하던 김두찬은 문득 저번 정모 때 그녀가 했던 얘기 중 하나가 떠올랐다.

"소다 누나, 고기 좋아한다고 그랬죠?"

고기라는 단어에 채소다의 눈이 초롱초롱 빛났다.

"완전 사랑하죠!

말미에 그녀의 뱃속에서 '꼬르륵!' 하는 소리가 크게 들려왔다.

"윽, 아침부터 골머리 썩느라 여태 액체만 들이부었더니 허기져 죽겠어요."

"그럼 밥이나 먹을까요? 제가 고기 살게요. 갈비 어때요?"

"갈비?!"

채소다가 후다닥 노트북을 가방에 챙겨 멨다.

그녀의 우울도가 28로 떨어졌다.

"어서 가요!"

언제 시무룩해 있었냐는 듯 활발해진 그녀가 김두찬의 팔목을 잡고 카페 밖으로 끌었다.

그러면서 다짐을 받듯 물었다.

"진짜 갈비 사주는 거죠?"

"네."

"헤헤, 이제 보니 진짜 좋은 사람이었네?"

채소다의 호감도가 다시 74로 2포인트 올랐다.

그녀는 생각했던 것보다 훨씬 단순한 사람이었다.

그래서 무엇 하나에 꽂히면 다른 게 눈에 들어오지 않는 타입이었다.

한데, 바로 그런 성격 때문에 실수가 잦았다.

지금도 그랬다.

갈비 먹을 생각에 들떠서 부산을 떨며 나가다가 쟁반을 들고 가던 남자와 부딪혔다.

퍽!

"꺅!"

"윽!"

쟁반 위엔 막 카운터에서 받아온 뜨거운 커피 두 잔과 조각 케이크가 담겨 있었는데, 그것들이 전부 허공으로 붕 떠올랐다.

그대로 가다간 낭패를 당할 상황.

아울러 채소다의 우울함도 증가할 게 분명했다.

순간 김두찬의 초월 시력이 힘을 발휘했다. 찰나지간 일어난 그 모든 광경이 슬로우 모션처럼 눈에 담겼다.

김두찬은 지력을 활성화했다.

그러자 눈에 담긴 정보들이 순식간에 분석되어졌다.

분석된 정보를 따라 지금 이 상황을 구제할 동작들이 머릿속에 그려졌다.

이어 김두찬의 몸이 그려진 동작을 따라 부드럽고 민첩하게 움직였다.

몸매 S랭크 특전 고양이 몸놀림 덕이었다.

김두찬은 뒤로 넘어지려는 채소다의 허리를 한 손으로 받치고 반바퀴를 빙글 돌았다. 동시에 다른 손으로는 남자가 놓친 쟁반을 들어 떨어지는 커피와 조각 케이크를 안전하게 받아냈다.

그 일련의 동작이 마치 무술 영화를 보는 듯 놀랍기 그지없었다.

사고를 막은 김두찬이 자신의 팔에 안긴 채소다에게 빙긋 미소 지으며 물었다.

"괜찮아요?"

쿵. 쾅.

채소다의 뺨이 붉게 물들었다.

＊　　　＊　　　＊

카페를 나와서 채소다는 한동안 말이 없었다.

김두찬의 눈에 그녀의 호감도가 보였다.

'79.'

카페에서의 일로 5가 더 올랐다.

우울도는 이제 17이었다.

'거의 다 왔다.'

여기서 밥만 먹이면 무난하게 0을 찍을 것 같았다.

"소다 누나."

"네?!"

혼자 몽롱한 표정으로 직진을 일삼던 채소다가 화들짝 놀라 대답했다.

"어디 가요?"

"어?"

"갈비 뜯으러 가기로 했잖아요. 갈빗집 가는 거예요?"

"아."

채소다는 한 가지에 집중하면 다른 걸 못 한다.

지금 그녀의 머릿속엔 넘어지려던 자신을 끌어안았던 김두찬의 모습으로 가득했다.

'이런 만화 같은 상황 처음이야.'

아주 잠깐이긴 했지만 태어나서 한 번도 현실의 이성에게 뛰지 않았던 심장이 쿵쾅, 하고 뛰었었다.

'마지막으로 연애해 봤던 게 언제더라?'

그녀의 마지막 연애는 4년 전, 17살 고1 때의 가을이었다.

당시 채소다는 초등학생 때부터 이미 미모로 유명했다. 때문에 항상 남자아이들이 꼬였고 연애의 기회가 많았다.

심할 때는 한 달에 세 명씩도 남자친구를 갈아 치웠다.

하지만 어느 남자를 사귀어도 그녀의 가슴이 뛰질 않았다.

'현실 남자'는 그녀에게 아무런 감흥을 줄 수 없었다.

그래서 고1의 가을을 마지막으로 21살이 된 지금까지 남자를 만나지 않았다.

역시 그녀의 심장을 고동치게 할 수 있는 남자는 현실이 아닌 모니터 속에서만 존재했다.

특히 애니메이션에 그런 남자들이 많았다.

스스로의 취향을 제대로 파악하고 난 이후부터 채소다는 오로지 2D 캐릭터하고만 사랑에 빠졌다.

그런데 오늘.

현실 남자에게 처음으로 가슴이 뛰었다.

그런 사실이 놀랍기도 하고 쉽게 받아들여지지도 않았다.

"소다 누나. 어디 안 좋아요?"

"지극히 정상입니다!"

채소다가 굉장한 하이 톤으로 대답하며 김두찬을 힐끔 훔쳐봤다.

'그러고 보니……'

현실에서는 보기 드문 미남이다.

물론 미남은 많다.

그러나 저렇게 완벽이라는 단어가 가장 어울리는 미남은 많지 않다.

요새 흔히 유행하는 만화를 찢고 나온 남자, 즉 만찢남이라는 단어가 자기 옷처럼 어울렸다.

어지간한 2D 캐릭터는 명함도 못 내밀 정도였다.

그러니 채소다의 마음이 동하는 게 당연했다.

채소다가 김두찬과 적당한 거리를 벌린 채 종종걸음으로 계속 직진을 거듭했다.

"갈빗집 가는 거 맞죠? 저 누나 그냥 따라갈게요."

"하잇!"

그냥 튀어나오는 대로 대답부터 하고 봤다.

사실 자기 자신도 어디로 가고 있는 건지 몰랐다.

대략 북쪽인 것 같은데 이대로 가다간 월북하게 될지도 모를 일이었다.

의식의 흐름대로 전진만을 거듭하던 채소다의 귀에 갑자기 팍 꽂히는 음악 소리가 들려왔다.

"어?"

고막을 타고 흘러들어 온 음률은 머릿속에 가득 찼던 김두찬을 밀어냈다.

채소다가 걸음을 멈추고 옆을 돌아봤다.

그곳엔 네 사람으로 구성된 밴드가 버스킹 공연을 하는 중이었다.

그런데 특이하게도 스탠드 마이크는 있는데 보컬이 없었다.

키보드, 베이스, 드럼, 기타 연주자만 있었다.

아울러 하나같이 장비가 좋았고 스피커도 제법 큰 것으로 세팅된 것이 일반적인 버스킹 밴드 같지는 않았다.

자세히 보니 밴드의 양옆에 세로로 기다란 현수막이 세워져 있었다.

그리고 ENG 카메라를 든 카메라맨 세 명이 다양한 각도에서 밴드를 촬영하고 있었다.

"뭐지?"

호기심이 발동한 채소다가 현수막의 글을 읽었다.

'KBC 뉴웨이브 음악 예능, 노멀 싱어! 6월. Coming Soon!'

결국 그건 지상파 방송에서 곧 송출할 음악 예능 프로그램을 광고하기 위한 이벤트였다.

한차례 이어진 밴드의 연주가 끝나자 기타 연주자가 마이크를 잡았다.

"안녕하십니까. 밴드 노는 삼촌의 리더 홍근원입니다."

"어!"

기타 연주자의 인사말에 김두찬이 놀라 소리쳤다.

근데 목소리가 조금 컸다.

그 바람에 사람들이 무심코 김두찬을 바라봤다가 고정된 시선을 거두지 못했다.

한참 멋진 연주로 바람잡이를 하고서 주목을 이끌어낸 지금 노멀 싱어 광고를 때려야 하는데, 갑자기 이목이 다른 곳으로 집중되니 난감해진 홍근원이었다.

홍근원이 살짝 짜증이 나 사람들의 시선을 독차지하고 있는 이에게 시선을 돌렸다.

한데 그 순간 그도 김두찬과 같은 반응을 보였다.

"어!"

그리고 두 사람은 동시에 서로의 이름을 불렀다.

"근원아!"

"두찬아!"

홍근원은 태평예술대학 연기과 학생으로 김두찬과 족구 내기를 할 때 맞붙었던 상대방 팀원 중 한 명이었다.

그는 족구 내기가 끝난 뒤 뒤풀이 자리에서 김두찬과 통성명을 하며 친분을 다졌다.

물론 마무리는 심진우가 날뛰는 바람에 안 좋게 끝났지만, 그는 개인적으로 김두찬을 좋은 녀석이라고 생각하고 있었다.

설마 이런 데서 마주칠 줄 몰랐던 두 사람은 서로가 퍽 반가웠다.

한데 홍근원의 호감도 수치가 68이나 됐다.

'뒤풀이 자리에서는 32였는데.'

김두찬이 속으로 생각했다.

홍근원은 그날 이후로 줄곧 얼굴을 보지 못했다.

로나의 말대로라면 못 본 지 제법 됐으니 호감도가 떨어져야 정상이다.

그런데 호감도가 오히려 올라 있었다.

그 이유는 다음 순간 튀어나온 홍근원의 멘트로 알게 됐다.

"여러분! 대박입니다! 지금 이 자리에 비현실 친오빠가 와 있습니다! 동영상 보신 분은 아시죠? 인 백화점 야외무대에서 해에게서 소년에게를 불렀던 제 같은 학교 동기, 김두찬입니다!"

그는 김두찬의 동영상을 보고서 호감도가 급격히 올라간

것이다.

음악인의 눈에는 노래를 기가 막히게 부르는 김두찬의 모습이 전율이 일 만큼 멋지게 다가왔다.

홍근원의 소개에 몇몇 사람이 탄성을 자아냈다.

누군가는 휘파람을 불었고, 박수를 치는 이들도 있었다.

'기회다.'

처음에는 판을 망쳐놨다고 생각했는데 정반대였다.

사람들의 시선을 끌어준 이가 김두찬이라면 얘기가 달랐다.

지상파 방송사에서 상당한 돈을 주고서 홍보를 부탁했다. 그것도 무명 밴드에게.

방송 프로그램의 취지가 일반인을 대상으로 스타 가수를 발굴하는 것이기에 가능한 일이었다.

물론 거리 광고보다는 촬영한 이미지를 편집해서 텔레비전 광고로 내보낼 때 더 유용하게 쓰이겠지만.

아무튼 받은 게 있으니 그만큼은 해줘야했다.

그런 부담감 때문에 잘할 수 있을지 고민이었는데 마침 김두찬이 나타났다.

그는 평범한 대학생이지만 노래를 기가 막히게 부르며 화제성이 있었다.

노멀 싱어의 취지에 이보다 더 잘 어울리는 사람은 없었다.

"여러분, 6월부터 방영될 KBC 음악 예능 노멀 싱어는 일반인을 대상으로 스타 가수를 발굴하는 코너입니다. 그래서 우리 밴드에는 보컬이 없습니다. 바로 여러분들의 목소리로 채워주시면 됩니다. 참가하시는 모든 분들께는 저~ 뒤에 있는 초원 등갈비찜 2인 식사권을 드립니다."

'등갈비 식사권?'

마침 갈비를 먹으러 가던 참이었는데 등갈비도 나쁘지 않았다.

노래만 부르면 식사권을 준다고 하니, 김두찬 입장에서는 구경꾼들 호감도 올리고 공짜 음식도 먹고 일석이조였다.

그에 김두찬이 나서려는데, 그보다 먼저 홍근원이 입을 털었다.

"우리 오프닝부터 화려하게 가볼까요? 이 이벤트는 자발적 참여를 전제로 하지만 첫 번째 선수는 강제성을 좀 띠겠습니다. 모셔보겠습니다! 비현실 친오빠, 김두찬!"

홍근원이 말미에 윙크를 날리며 두 손을 모아 가슴에 대고 비볐다.

자기 좀 도와달라는 제스처에 김두찬이 고개를 끄덕이고서 채소다에게 물었다.

"누나. 등갈비는 어때요? 갈비 말고 등갈비 먹을래요?"

"갈비 받고 등갈비 더."

채소다는 둘 다 포기할 수 없었다.

초롱초롱 빛나는 그녀의 눈을 보며 김두찬이 미소 지었다.

"콜."

김두찬은 심호흡을 하며 걸음을 옮겼다.

그가 다가오자 홍근원이 손을 내밀어 가볍게 악수했다.

"부탁한다. 돈 받고 하는 거라 화제몰이 좀 해야 돼."

"열심히 해볼게. 그런데 밴드도 했었어?"

"이게 메인이야. 운동은 취미고. 연기과 들어온 것도 밴드 망하면 연기자로 떠서 인지도 올린 다음에 다시 밴드 하려고 그런 거고."

"응? 차라리 실용음악과로 가는 게……."

"야야, 음악으로 올인했다가 망하면 나 뭐 먹고 살아."

이상하면서도 그럴듯한 논리였다.

"뭐 부를래? 아무거나 얘기해. 기계에 거의 모든 노래 기본 MR 있고 우리 밴드는 가볍게 리듬이랑 멜로디만 덧입힐 거야."

"음……."

김두찬은 고민했다.

노래자랑을 나간 이후 또다시 그런 대회에 나갈 것을 대비 해서 통학하거나 집에서 쉴 때 여러 가요와 팝송을 들어봤다.

그 와중에 김두찬의 감성을 가장 크게 적시는 노래가 하나 있었다.

"이적의 거짓말, 거짓말, 거짓말."

"어? 그건 안 넣어왔는데. 예상을 후려치는 선곡이네."

하지만 크게 문제는 없었다.

연주해 봤던 적이 있었다.

"오케이. 질러봐. 나중에 술 살……."

순간 홍근원의 머릿속에 주로미 대신 소주 두 병을 원샷 때렸던 김두찬의 모습이 떠올랐다.

"밥 살게."

홍근원이 김두찬의 등을 탁탁 두들기고서 자기 포지션으로 돌아가더니, 드럼을 맡고 있는 오성제와 시선을 교환하며 고개를 끄덕였다.

그리고.

탁탁탁탁.

드럼이 스타트 타이밍을 끊어준 뒤 전주가 흘러나왔다.

김두찬이 마이크에 입을 가져갔다.

그의 입에서 노래의 한마디가 흘러나왔다.

그 순간 홍근원은 무언가에 두드려 맞은 듯한 충격을 받고 놀라서 김두찬을 바라봤다.

오성제는 드럼을 치다 박자를 놓치고서 돌처럼 굳었다.

그나마 미약하게 이어지던 건반과 베이스의 음률도.

가슴을 헤쳐놓듯 처연하고 애절한 김두찬의 음색에 묻혀 사라졌다.

밴드는 어느 순간부터 연주를 하고 있지 않았다.

하나같이 비슷한 표정으로 김두찬을 바라보고 있었다.

저 음색을 오롯이 귀에 담고 싶었다.

그의 아름다운 보이스에는 다른 악기 소리가 오히려 잡음처럼 방해가 될 뿐이었다.

김두찬은 반주가 끊어진 걸 알면서도 노래를 멈추지 않았다.

높은 노래 랭크를 믿고서 꿋꿋이 밀어붙였다.

노래가 진행될수록 음률에 점점 더 진한 감정이 담겼다.

심금을 울리는 그의 음색에 지켜보는 관객 중 몇몇의 눈에는 눈물이 그렁그렁 맺혔다.

이 광경을 지켜보던 채소다의 가슴이 다시 뛰었다.

쿵. 쾅.

모든 반주가 사라지고 오로지 김두찬의 목소리만이 공간을 가득 채웠다.

김두찬은 노래 가사를 하나하나 곱씹으며 입 밖으로 내놓았다.

처음에 이 노래를 접했을 때 그는 흔한 연인들의 이별 가사를 적어놓은 것이라 생각했다.

그런데 뭔가 조금 달랐다.

알고 보니 그것은 자신을 버리고 간 엄마를 기다리는 아이의 심정을 적은 가사였다.

김두찬의 아버지뻘 시대의 분들이 어렸던 시절.

입 하나가 버거워 풀칠하기도 힘이 들었을 때.

어쩔 수 없이 자식에게 새 옷을 사 입히고 맛있는 걸 먹인

후 놀이공원에 데려가, 잠깐만 여기 서 있으라 하고서는 버리고 떠나가는 부모들이 있었다.

멀리서 숨어 엄마 찾아 우는 아이를 지켜보는 심정, 가슴이 찢어지는데도 살기 위해 어쩔 수 없으리라. 너도 부유한 집에 입양 가 잘살아라, 나중에 꼭 찾으러 가겠다, 다짐하고 피눈물을 삼켜야만 했던 그 시절의 이야기였다.

그래도 버려진 아이는 아무것도 모른다.

그저 버려진 것이 자기 잘못이라고만 여길 뿐이다.

김두찬의 음성은 엄마를 기다리다 스스로를 자책하는 아이의 심정을 그대로 담고 있었다.

급기야 여기저기서 훌쩍이는 소리가 들려왔다.

김두찬의 노래는 클라이맥스를 향해 치달았다.

가사가 있는 모든 구절을 불러내고 허밍으로 이어지는 부분이었다.

"우우~ 아아아~ 워어어~"

채소다는 태어나서 이토록 마음속 깊은 곳의 무언가를 건드리는 허밍은 들어본 적이 없었다.

결국.

"거짓말……."

마지막 소절이 끝나고 사위에 정적이 찾아들었을 때.

또르륵.

그녀는 울었다.

뺨을 타고 흘러내리는 눈물 한 방울 속에 오늘 내내 채소
다를 괴롭혔던 모든 답답함이 담겨 나왔다.

　[퀘스트: 채소다를 기분 좋게 해주세요. 우울도 0/100—연계.

　제한 시간: 1시간 13분. 퀘스트 실패 시 무작위 능력 하나가
핵으로 파기됨.]

'미쳤다……'

눈물을 닦는 관중들을 보며 홍근원이 혀를 내둘렀다.

그는 이미 김두찬의 노래를 영상으로 접했다.

그때도 대단했다.

하지만 그의 진가를 보려면 라이브를 직접 들어야 한다.

영상으로는 이 감동의 10분의 1도 전하지 못한다.

'어떻게… 이렇게 부를 수 있… 어라?'

홍근원은 남들만 관찰하느라 몰랐다.

자기도 울고 있다는 것을.

그가 얼른 눈물을 훔치고서 박수를 쳤다.

짝짝짝!

그러자 고요가 환호로 바뀌었다.

"와아아아아!"

사람들의 함성과 박수 소리, 그리고 직접 포인트가 김두찬에게 마구 쏟아졌다.

노래를 시작할 땐 서른이 조금 넘던 머릿수가 지금은 백 가까이 늘어났다.

그들은 하나같이 김두찬을 바라보며 열화와 같은 성원을 보내주고 있었다.

'또… 그때와 같아.'

규모는 노래자랑 때에 비해 훨씬 적었지만, 사람들 한 명한 명에게서 전해지는 열기는 그때보다 더했다.

김두찬은 자신의 노래를 듣고 눈물을 흘리는 이들의 모습에 가슴이 터질 듯 벅차올랐다.

'노래만으로 누군가를 울릴 수 있다니……'

그럴 수 있다는 걸 알고 있었다.

노래를 듣고 우는 사람들도 종종 봤다.

하지만 그 노래를 부른 주체가 자신이 된 경우는 처음이었다.

'이런 거구나. 이런 느낌이구나.'

김두찬이 지금 느끼는 희열은 직접 느껴보지 않는 이상 알수 없는 종류의 것이었다.

스스로 경험해야 체득이 된다.

그때였다.

'…어?'

여태까지 이런 일은 직접, 간접 포인트를 얻기 위해서만 필요한 행위라고 생각해 왔던 김두찬의 머릿속에 짜릿한 전류가 흘렀다.

'내가 체험한 건 생생하게 남에게 들려줄 수 있는 이야깃거리가 돼.'

어떠한 일을 경험하지 못한 것과 활자나 영상 매체를 통해서 간접적으로 경험한 것, 그리고 직접 경험한 것 사이에는 어마어마한 차이가 있다.

아울러 직접 경험한 것들은 더욱 풍부한 느낌을 담아 표현할 수 있다.

김두찬이 지금까지 작가를 꿈꾸면서도 짧은 습작 말고는 손도 대지 못했던 데에는 이러한 괴리감이 컸기 때문이었다.

그는 판타지를 좋아한다.

하지만 정통 판타지보다 현실의 이야기에 환상이라는 양념을 살짝 가미한 류의 글을 더 좋아한다.

문제는 김두찬이 현실에서 뭘 해본 경험이 별로 없다는 것이다.

늘 집 안의 방구석에서 자기만의 취미를 즐기는 게 다였다.

그런데 지금은 아니다.

그는 피팅 모델 김두찬이었고, 노래를 잘하는 김두찬이었다.

그것들을 전부 생생하게 겪었다.

이를 글로 적는다면? 필력에 따라 더 맛깔나게 표현할 수 있느냐 없느냐의 차이는 있지만 적어도 사실적인 생동감은 줄 수 있을 것이다.

'그래… 이거야. 나는 지금 무엇이든 경험해 볼 수 있는 사람이 된 거야.'

여태껏 꽉 막혀 있던 무언가가 뻥 뚫린 것 같았다.

그가 환한 미소를 머금고 눈앞에서 올라가는 시스템 메시지를 확인했다.

[호감도를 7포인트 얻었습니다. 보너스 포인트를 분배해 주세요.]

[호감도를 12포인트 얻었습니다. 보너스 포인트를 분배해 주세요.]

[호감도를 9포인트 얻었습니다. 보너스 포인트를 분배해 주세요.]

……

관중들에게서 상승하는 호감도의 폭이 다른 때보다 컸다.

그만큼 감동을 크게 줬다는 얘기다.

이 포인트들은 쌓이고 쌓여 나를 더 멋진 사람으로 만들어 준다. 내가 못 해봤던 것을, 할 수 없었던 것들을 할 수 있는 기반을 다져준다.

그렇게 생각하니 보너스 포인트들이 더없이 예뻐 보였다.

'작가라면 무엇이든 한 번은.'

그가 좋아하는 장르소설 작가 서태휘가 출간했던 책, 작가 의 말에 적혀 있던 글이다.

그것이 김두찬의 모토가 되었다.

무엇이든 기회가 있다면 한 번씩은 다 해보자.

스스로의 경험을 글로 버무려 이야기를 만들어내는 작가.

막연하기만 하던 김두찬의 진로에 뿌연 안개가 걷힌 것 같 았다.

빠르게 올라가던 시스템 메시지가 어느 순간 멈췄다.

'설마?'

그가 상태창을 열어 직접 포인트를 확인했다.

누적된 숫자가 1,620.

기존에 있던 620에서 오늘 하루 동안 1,000을 더 얻었다.

'됐다.'

한강 공원에 와서 사진을 찍고, 노래를 불렀더니 한계 포인 트를 쉽게 모았다.

이제 오늘은 호감도 포인트를 얻기 위해 더 노력할 필요가 없었다.

하지만 몇몇 사람들의 호감도는 계속해서 상승하는 중이었다.

"비현실 친오빠!"

"명불허전이에요!"

"진짜 멋졌어요!"

"하아… 저 목소리는 깔 수가 없다."

관중들 중 흥 넘치는 몇 사람이 마구 소리를 질렀다.

그때까지 넋 놓고 있던 홍근원의 종아리를 건반 담당 조경미가 퍽 찼다.

"윽! 아……!"

비로소 정신을 차린 홍근원이 마이크를 잡고 진행을 했다.

"여러분! 비현실 친오빠였습니다!"

짝짝짝짝짝!

사람들의 박수 소리가 다시 한번 이어졌다.

"고맙다, 두찬아. 그리고 나… 하아, 정말 감동받았어."

홍근원은 흥분이 가시지 않은 얼굴로 한숨까지 섞어가며 말했다.

"그냥 노래 한 번 한 건데, 뭐."

어쩐지 좀 부끄러워 괜히 너스레를 떤 김두찬이 홍근원의 머리 위를 살폈다.

그런데 호감도가 97까지 올라가 있었다.

'어라?'

조금 전엔 68이었는데 무려 29포인트가 상승했다.

'왜 이렇게 많이 오른 거야?'

─제가 참견할 적절한 타이밍이네요. 아까 했던 말 기억하나요?

로나가 불쑥 물었다.

'아까… 오랫동안 못 보면 호감도가 하락할 수도 있다는 거?'

─네. 그게 현실이니까요. 그렇다면 반대의 경우도 당연히 존재하겠죠?

'그게 지금 같은 경우라는 얘기잖아.'

─그렇답니다. 지금 근원 님은 두찬 님에게 취향 저격을 당한 거예요. 그는 가수를 꿈꾸고 있어요. 그런 만큼 두찬 님의 심금을 울리는 노래가 가슴 깊숙이 들어온 거죠. 때문에 비이상적일 만큼 호감도가 올라간 것이랍니다.

'이해했어.'

그다지 어려울 것 없는 설명이었다.

그렇다면 지금 가장 중요한 건 홍근원의 호감도를 100으로 만드는 것이다.

김두찬은 럼블을 사용할까도 생각해 봤지만.

'고작 3 때문에?'

그건 좀 아까웠다.

게다가 지금 홍근원의 상태로 봐서 쉽게 올릴 수 있을 것 같았다.

"그럼 가봐. 난 일할게. 학교에서 보자."

"그래."

홍근원이 등갈비 쿠폰을 건네줬다. 김두찬은 그걸 받고 퇴장하기 전 홍근원의 귀에 대고 한마디를 했다.

"다음에 너희 밴드랑 한 번 더 공연했으면 좋겠다."

"진짜?!"

"응."

김두찬은 손을 흔들며 무대에서 나왔다.

그 모습을 보던 홍근원의 호감도가 100을 찍었다.

'됐다!'

김두찬의 계산이 제대로 먹혔다.

활짝 미소 짓는 홍근원의 정수리에서 빛 무리가 흘러나와 흡수되었다.

김두찬이 바로 상태창을 열었다.

그러자 패시브 칸에 새로 생긴 능력이 보였다.

─박투: 0/100(F)

순간 김두찬은 화들짝 놀라 비틀거릴 뻔했다.

'박수인 줄 알았네.'

새로 생긴 힘을 박수로 잘못 읽었다.

김두찬은 박투가 뭔지 잠시 생각하다가 로나에게 물었다.

'박투라고 하면 혹시 주먹싸움 말하는 거야?'

—그렇답니다.

'엥?'

김두찬이 열심히 이벤트를 진행 중인 홍근원을 바라봤다.

반팔 티 너머로 드러난 팔은 울뚝불뚝했고, 키도 제법 컸으며 하체도 단단했다.

확실히 강골이다.

그래도 참 의외긴 했다.

홍근원은 노래로 성공하고 싶어 하면서 보험을 들기 위해 연기과에 재학 중이다.

그런데 가장 뛰어난 능력이 노래도, 연기도 아닌 주먹싸움이라니.

소싯적에 주먹깨나 썼었나 보다.

"누나, 등갈비 먹으러 가요."

김두찬이 신나서 공짜 쿠폰을 흔들며 채소다에게 다가왔다. 그러자 그녀가 황급히 눈물을 닦았다.

"으앗! 안 울었습니다!"

"아… 울었던 거 몰랐는데."

"하으으, 망했네. 나 노래 듣고 울어본 거 처음이에요."

"그래요?"

"응. 일단 공짜 쿠폰부터 쓰러 가요. 울었더니 배고프다."

채소다가 앞장서서 걸었다.

이제 머릿속이 다시 등갈비로 가득 찼으니, 이상한 곳으로 샐 일은 없었다.

'그럼 이제 연계 퀘스트가 뜰 땐가?'

김두찬의 생각을 읽기라도 한 듯 퀘스트 메시지가 나타났다.

[퀘스트: 채소다를 행복하게 해주세요. 행복도 0/100

제한 시간: 1시간 05분. 퀘스트 실패 시 무작위 능력 하나가 핵으로 파기됨.]

퀘스트가 우울도를 낮추라는 것에서 행복도를 높이라는 것으로 바뀌었다.

'이거 한 시간 안에 가능한 거야?'라는 의문이 자연스레 드는 김두찬이었다.

그런데 재미있게도 채소다의 행복도는 저절로 1, 2씩 올라가고 있었다.

맛있는 고기를 먹을 생각에 절로 행복해지고 있는 것이다.

로나의 말대로 연계 퀘스트는 난이도가 높지 않았다.

계속해서 올라가던 행복도는 고깃집에 도착하자 24까지 솟구쳐 있었다.

"사장님~ 여기 등갈비찜 안 매운 걸로 2인분 주세요~!"

채소다는 의자에 엉덩이를 대자마자 경쾌하게 주문을 했

다. 신이 나서 목소리 볼륨이 평소보다 컸다. 한데 그게 불쾌했던 손님이 있었던 모양이다.

"졸라 시끄럽네, 씨발."

김두찬은 순간 자기가 뭘 잘못 들은 건가 했다.

지금이 대낮은 아니지만 그렇다고 술에 만취될 시간도 아니다.

아니, 취했다고 해도 저런 식으로 마구 시비를 걸어오는 건 정신 제대로 박힌 사람이라고 할 수가 없었다.

"에휴, 취객이다."

채소다는 무시했지만, 김두찬은 저도 모르게 욕설이 날아온 테이블을 쳐다봤다.

같이 맞시비를 걸고자 했던 건 아니고 반사적으로 바라본 것이다.

동그란 철제 테이블엔 일단의 무리가 둘러앉아 술을 마시고 있었다.

인원은 전부 넷, 남자 한 명에 여자가 셋이었다.

테이블 위에는 이미 빈 소주가 여덟 병이었다.

그때 김두찬의 시선을 읽은 스포츠머리 여성이 남자를 툭 건드렸다.

남자가 소주 한 잔을 비우고서 고개를 돌렸다.

김두찬과 남자가 서로의 얼굴을 확인했다.

그리고 동시에 고개를 갸웃거렸다.

'어디서 봤더라?'

고민하던 김두찬의 머릿속에 지난주 지하철에서의 일이 떠올랐다.

'아, 그때 그 고딩.'

지하철에서 난동을 부리던 고딩 무리 중 가장 덩치가 크고 겉늙어 보이던 녀석이었다.

겉늙은 덩치, 김상호도 비슷한 타이밍에 김두찬의 얼굴을 기억해 냈다.

"우와, 개재밌네. 여기서 만나네?"

예전의 김두찬이었다면 이미 이 상황에서 눈부터 내리깔고 덜덜 떨었을 것이다.

하지만 지금은 그럴 이유가 없다.

김두찬에게는 이 상황을 타개할 방법이 너무나도 많았다. 당장 쉽게 상대방을 내리누르려면 홍근원에게서 얻은 박투 능력에 포인트를 투자하면 그만이다.

하나 그런 식의 해결은 싫었다.

김두찬이 김상호 일행을 알은척했다.

"아, 그때 그 버릇없던 고딩들."

"뭐?"

김두찬이 다시 테이블을 확인했다.

자신을 바라보고 있는 여자 셋은 초면이었다.

지하철에서 할아버지에게 행패를 부리던 고딩들 중 김상호만이 자리에 함께였다.

"…중 한 명."

"두찬아, 싸우려고? 나 괜찮으니까 그냥 넘어가."

채소다가 김두찬을 말렸다.

김두찬도 그럴 수 있다면 그러고 싶었다.

하지만 이미 두 사람의 시선이 마주치는 순간 조용히 넘어가기는 글렀다는 걸 몸으로 느꼈다.

김상호가 자리에서 일어나 김두찬의 코앞에 다가왔다.

그가 채소다를 힐끔 쳐다보더니 피식 웃었다.

"꼴에 여자 끼고 왔다고 센 척하는 거야?"

"센 척은 네가 먼저 했던 거 같은데. 여자들 사이에 너 혼자 남자라고 괜히 욕한 거잖아."

"너 이 개새끼야, 지하철에서는 하늘이 널 도왔지."

김두찬은 지하철에서 할아버지를 괴롭히는 김상호 무리를 말리다가 시비가 붙었다.

그리고 정광수를 손목수로 제압해 때려눕혔다.

그에 분개한 김상호가 나서려는 순간 승객들이 우르르 몰려들어 고딩들은 부랴부랴 도망쳤다.

김상호는 그때 그 일만 생각하면 지금도 피가 거꾸로 솟구쳤다.

그러던 와중 생각지도 못한 장소에서 원수를 만났으니 잘됐다 싶었다.

"지금이라도 무릎 꿇고 빌면 봐줄게."

상황이 험악해지자 채소다는 어쩔 줄 몰라 했다.

힘도 없으면서 괜히 나서다간 민폐만 끼칠 판이고, 가만히 있을 수도 없었다.

채소다가 두 사람의 분위기를 살피며 몰래 스마트폰을 만졌다.

그리고 조심조심 112를 눌렀다.

스마트폰이 진동으로 설정되어 있었던 것이 다행이라면 다행이었다.

한편 김두찬은 김상호를 상대로 위축되지 않았다.

지금은 그때보다 덩치도 좋아지고 고양이 몸놀림도 얻었다.

게다가 키도 더 커졌다.

김두찬이 의자에서 일어나 김상호를 내려다봤다.

김상호도 제법 키가 큰 편이었는데 김두찬에게는 닿지 않았다.

"너야말로 고딩이 버젓이 술 먹고 돌아다녀도 돼?"

"뭐?"

"지금이라도 잘못했다고 하면 봐줄게."

"그냥 맞자, 씨발아."

아무래도 손을 쓰지 않고서는 넘어갈 수 없는 상황이 됐다.

그때 김두찬은 무슨 생각이 들었는지 소매치기에 간접 포인트 700과 직접 포인트 100을 투자했다.

[소매치기의 랭크가 E로 업그레이드됐습니다. 랭크 업 특전이 주어집니다. 손놀림이 노련해집니다. 소매치기 확률이 30퍼센트로 업그레이드됩니다.]

[소매치기의 랭크가 D로 업그레이드됐습니다. 랭크 업 특전이 주어집니다. 손이 빨라집니다. 일반인의 동체 시력으로 잡아내기가 힘듭니다. 소매치기 확률이 50퍼센트로 업그레이드됩니다.]

[소매치기의 랭크가 C로 업그레이드됐습니다. 랭크 업 특전이 주어집니다. 손 기술이 좋아집니다. 소매치기 확률이 60퍼센트로 업그레이드됩니다.]

'60퍼센트의 확률. 거기다 손재주 랭크는 B.'
손재주는 손을 쓰는 다른 능력들에 버프를 준다.
소매치기에도 저절로 버프가 걸려 성공 확률이 올라간다.
'그러고 보니 손재주의 능력을 제대로 확인한 적이 없었어.'
김두찬이 손재주를 자세히 봤다.

[손재주: B랭크. 패시브 능력. 손을 사용하는 모든 능력이 30퍼센트 증가한다.]

그렇다면 성공 확률 90퍼센트.

완벽하다.

김두찬이 김상호를 더 도발했다.

"사복 입고 술 먹으면 고딩이 고딩 아닌 게 돼?"

"어, 그래. 내가 일 년 꿇어서 올해 스물이다, 씹새야. 학교 벗어나면 그 젖비린내 나는 애들이랑 안 놀아. 우리 테이블에 같이 있는 년들 면상이 주민증도 없어 보이냐?"

'성인이었어?'

더 잘됐다.

"그 나이 먹고 고등학교 다니는 게 자랑이야?"

"아니, 근데 이 새끼가!"

김상호가 김두찬의 가슴팍을 손바닥으로 세게 밀었다.

퍽!

그 순간, 김두찬은 자신의 지갑을 꺼내 김상호의 바지 주머니에 넣었다.

아무도 그 손놀림을 보지 못했다.

김상호는 김두찬을 가격하는 순간 지갑이 들어오는 바람에 이를 인지하지 못했다.

술이 얼큰히 취한 데다 김두찬을 때린 손바닥의 격한 감각이 허벅지의 촉감을 둔하게 만들었다.

김상호가 이번에는 김두찬의 뺨을 후려치려 했다.

그러나 더 이상은 맞아줄 생각이 없는 김두찬이었다.

그가 고개를 뒤로 젖히며 김상호의 어깨를 툭 밀었다.

그에 김상호는 제 혼자 비틀거리다가 겨우 중심을 잡고 섰다. 꼬락서니가 대단히 볼썽사나웠다.

"주먹질은 하지 말지?"

"싫은데, 존만아."

김상호의 이마에 핏줄이 불거졌다.

그러는 사이 채소다의 스마트폰은 이미 112로 연결이 돼서 이 소란스러움이 고스란히 흘러들어 가는 중이었다.

전화를 받은 경찰은 장소가 어디인지 계속 물었지만 그 음성은 채소다에게 전해지지 않았다.

하지만 채소다는 똑똑한 여인이었다.

"둘 다 그만하세요. 여기 초원 등갈빗집, 한강에서 손에 꼽는 맛집 중에 하난데 조용히 먹다 가면 안 돼요?"

채소다가 두 사람을 말리는 척하며 있는 곳을 흘렸다.

사실 가게 주인이 먼저 신고를 해야 하는 상황이었다. 하지만 시비가 붙은 두 사람의 대화를 들어보니 한 명이 고등학생일지도 모르겠다는 걱정에 그럴 수가 없었다.

"여자는 닥치고."

"넵."

채소다의 재치로 사건 장소가 접수됐다.

마침 식당 근처를 순회 중인 경찰이 있었고, 바로 출동 명령을 받았다.

"지하철 찌질이 넌 죽었어."

"아, 잠깐만."

"왜? 이제 와서 겁이 나?"

"아니, 방금 네가 내 가슴 칠 때 허벅지에서 이상한 느낌이……."

말을 하며 김두찬이 바지 주머니를 뒤졌다.

"없는데."

"뭐가요?"

채소다가 물었다.

"지갑이요. 혹시……."

김두찬이 의심 가득한 시선을 김상호에게 던졌다.

"너 약 빨았냐?"

"왼쪽 주머니에 그거 내 지갑 같은데."

"뭐?"

김상호가 무심코 주머니에 손을 집어넣었다. 그런데 진짜로 생소한 지갑이 나왔다.

김상호는 지갑을 든 상태 그대로 멍해졌다.

"이게 왜 여기에……."

"맞네, 내 지갑. 지금 식당에 있는 사람들 모두 증인이야. 그리고 아까 1년 꿇어서 성인이랬지? 미성년자도 아니니 더 빼도 박도 못하겠네."

"너 무슨 개수작 부린 거야!"

화가 확 오른 김상호가 고함을 빽 질렀다.

그때 출동한 경찰이 식당 안으로 들어섰다.

순간 김상호의 얼굴이 창백해졌다.

지금은 누가 봐도 자신이 남의 지갑을 슬쩍한 상황.

그는 이미 폭력 전과가 상당히 있었다. 그런데 소매치기 현행범으로 잡혀가면 완전히 인생 구겨진다.

김상호가 다급히 김두찬에게 말했다.

"야, 미, 미안하다. 내가 나중에 무릎이라도 꿇을게. 이번 일 그냥 없던 걸로 하자. 응? 그러면 안 되겠냐?"

그 말이 개수작이라는 걸 김두찬은 잘 안다.

그가 간절한 김상호의 얼굴을 보며 고개를 저었다.

"싫은데, 존만아."

김상호가 김두찬에게 뱉었던 욕이 그대로 돌아왔다.

*　　　*　　　*

결국 김상호 일행과 김두찬 일행은 사건 진술을 위해 사이 좋게 경찰서로 인도됐다.

호송되는 경찰차 안에서 김두찬은 조금 전 자신의 모습에 대해 곱씹으며 살짝 놀랐다.

처음부터 끝까지 김상호를 엿 먹일 셈으로 한 행동이긴 했다. 그런데 자신의 입에서 흘러나온 욕이 그렇게 차가우리라고는 상상도 못 했다.

'나한테 이런 면도 있었구나.'

새삼 스스로의 모습에 놀라는 김두찬이었다.

한데 지금은 그런 감상에 빠져 있을 때가 아니었다.

김상호를 엿 먹인 건 좋았다.

그런데 경찰이 온다는 건 김두찬의 계산에 없었다.

적당히 놀려주다가 제대로 사과 받아낸 뒤 넘어갈 생각이었는데, 계획이 틀어졌다.

그 바람에 등갈비찜도 먹지 못했고 애꿎은 퀘스트 제한 시간만 계속 보내게 됐다.

김두찬은 이번 미션이 완전히 실패했다고 믿었다.

그런데 이상했다. 채소다의 행복도는 계속해서 오르고 있었다.

[퀘스트: 채소다를 행복하게 해주세요. 행복도 56/100

제한 시간: 34분. 퀘스트 실패 시 무작위 능력 하나가 핵으로 파기됨.]

그것도 아주 빠르게.

벌써 행복도가 50을 돌파해 56까지 올라갔다.

경찰서에 도착하니 남은 시간이 34분이었는데, 이 정도 속도라면 아슬아슬하게 100을 찍을 듯했다.

그녀의 행복도는 사건 진술을 하는 동안에도 쉼 없이 올라가는 중이었다.

'대체 이유가 뭐지?'

김두찬은 채소다의 속내를 알 수가 없었다.

경찰서에 가면서도 싱글벙글, 진술을 하면서도 싱글벙글, 옆에서 김상호 일행이 무섭게 노려봐도 싱글벙글이었다.

진술이 끝나갈 즈음 행복도는 93까지 올라갔다.

남은 제한 시간은 3분.

슬슬 김두찬의 마음이 다급해지기 시작했다.

"음… 이 정도면 된 것 같네. 거, 학생. 힘들었죠?"

김두찬의 진술서를 작성한 최태영 경사가 넌지시 물었다.

"네?"

"저 녀석 천둥벌거숭이인 거 내가 잘 알거든. 도대체 반년 동안 몇 번이나 여기 끌려오는 거냐, 너."

"아저씨, 그게 아니라니까요! 제가 훔친 거 아니라고요! 저 새끼가 무슨 수작질을 벌인 거라고요!"

퍽!

"악! 왜 때려요!"

"닥쳐, 이 새끼야. 내가 널 몰라? 그리고 최 경사님이라고 불러. 아저씨가 뭐야, 아저씨가."

"그게 아니라니까요, 진짜."

"아니기는. 네가 이 학생 지갑 들고 있는 거 본 눈이 몇 갠

데. 술을 얼마나 처마셨으면 남의 지갑 훔친 줄도 몰라?"

"아, 돌아버리겠네."

김상호가 머리를 싸매고 괴로워했다.

그런 김상호를 바라보던 최 경사가 혀를 끌 차고서 김두찬에게 말했다.

"아무튼 이놈이 이거 폭력으로 들어오긴 했어도 절도로 들어온 적은 없는데 아무래도 너무 퍼마시고 실수를 한 모양입니다."

"아니, 실수가 아니라!"

따악!

"켁!"

"너 한 번만 더 아가리 나불대면 그대로 처넣을 줄 알아!"

"……."

김상호가 입을 꾹 다물었다.

"아무튼 이 자식은 우리 쪽에서 처리할 테니 그만 돌아가 봐도 됩니다. 협조해 주셔서 감사합니다."

"네, 고생하셨어요."

김두찬과 채소다가 일어나 경찰서를 나섰다.

김상호가 그런 두 사람을 씩씩대며 노려봤다.

빡!

"악! 왜요, 또!"

"선량한 시민 그만 째려봐. 아무튼 너 나랑 오늘 대화 좀 많이 하자?"

"아이 씨……."

＊　　　　＊　　　　＊

경찰서를 나온 김두찬은 퀘스트 메시지를 보고서 초조해졌다.

남은 시간은 1분. 채소다의 행복도는 97이었다.

'3을 어떻게 올리지?'

그런 생각을 하는 동안에도 시간은 계속해서 흐르고 있었다.

"으흠흠~"

채소다는 김두찬의 속내가 어떤지도 모르고서 콧노래를 부르며 리드미컬하게 걸었다.

그런데 그때.

꼬르르르륵!

채소다의 뱃속에서 어마무시한 소리가 흘러나왔다.

순간 김두찬의 머릿속에서 스파크가 튀었다.

"소다 누나! 아까 못 먹었던 등갈비찜 먹으러 갈래요?"

"맞다! 내 등갈비!"

"먹으러 가요. 나도 배고파요."

"고기는 항상 옳아!"

채소다가 벌써부터 고기를 영접한 듯 행복한 표정을 지었다.

그 순간.

[퀘스트: 채소다를 행복하게 해주세요. 행복도 100/100

제한 시간: 23초. 퀘스트 실패 시 무작위 능력 하나가 핵으로 파기됨.]

[퀘스트를 완료했습니다. 보너스 포인트 20이 지급됩니다.]

'됐다!'

김두찬이 오른쪽 손등을 바라봤다.

그러자 마지막 한 조각의 하트가 붉게 물들었다.

다섯 조각의 하트는 하나의 완벽한 하트로 완성되었다.

이윽고 하트가 손등에서 떨어져 나와 허공을 부유했다.

그것은 곧 김두찬의 왼쪽 가슴으로 파고들었다.

동시에 시스템 메시지가 나타났다.

[다섯 가지의 퀘스트를 완료했습니다. 보상이 주어집니다.]

[간접 포인트의 제한이 500에서 1,000으로 늘어납니다.]

'대박이다.'

김두찬의 입장에서 제대로 꿀 빨 수 있는 것이 바로 간접 포인트였다.

그런데 하루 제한이 500이라 아쉬웠던 차에 1,000으로 늘어난다니 춤이라도 덩실덩실 추고 싶었다.

제한이 풀리자마자 간접 포인트가 마구 들어오며 빠르게 쌓여 나갔다.

'비현실 친오빠' 동영상의 힘이었다.

한데 보상은 거기서 끝이 아니었다.

[정보의 눈을 갖게 됩니다.]

'정보의 눈이라니, 그게 뭐지?'

김두찬은 상태창을 열었다.

이름: 김두찬

성별: 남

…

Active

치료: 0/100(F)

지력: 0/100(F)

정보의 눈 100/300/500

직접 포인트: 1,440

간접 포인트: 139

핵: 1

액티브 능력에 정보의 눈이라는 것이 보였다.

그런데 다른 능력치와 달리 랭크가 없었다.

대신 뭘 뜻하는 건지 모를 숫자 세 개만 나열되어 있었다.

김두찬이 정보의 눈이 무언지 자세히 살피고 싶다는 의지를 일으켰다. 그 의지에 반응한 상태창이 바로 작동했다.

[정보의 눈: 무등급. 액티브 능력. 알고 싶은 사람의 정보를 보여준다. 반드시 대상이 시야 안에 들어와 있어야 하며, 100/300/500 지불 포인트에 따라 더 많은 정보를 얻을 수 있다. 하루에 한 사람에게만 사용할 수 있다.]

'이거 상당히 유용한데?'

김두찬이 인생 역전을 충분히 즐기려면 타인의 호감도를 얻어야 한다.

따라서 그 사람의 정보를 알 수 있는 정보의 눈은 좋은 무기였다.

한마디로 공략집을 보고 플레이하는 게임이 되는 것이다.

김두찬은 이 능력을 시험 삼아 채소다에게 사용하기로 했다.

사실 아까부터 그녀의 직업이 무엇이며, 어떤 일을 하기에

이 시간에 버젓이 돌아다니는 건지 의아했다.

'게다가 안여돼는 또 왜 궁금해하는 건지도 모르겠고. 음…
일단 간접 포인트가 212… 215… 221… 계속 오르네. 우선 정
보의 눈을 발동한다.'

김두찬은 통통거리며 앞장서 가는 채소다를 바라봤다.

그러자 눈앞에 여태껏 본 적 없던 시스템 메시지가 나타났
다.

[100/300/500 몇 포인트를 투자하시겠습니까?]

'우선은 가볍게 100.'

김두찬이 간접 포인트 100을 투자했다.

그에 시스템 메시지가 사라지고 채소다에 대한 정보가 주
르륵 떠올랐다.

이름: 채소다

가명: ???

성별: 여

나이: 21세

생일: 6월 2일

키: 160㎝

몸무게: 48㎏

직업: ???

가장 뛰어난 능력: ???

좋아하는 것: ???

싫어하는 것: ???

좌우명: ???

고민: ???

'윽, 이건 좀.'

100포인트를 투자해서 얻을 수 있는 정보는 그게 다였다.

이런 정보는 딱히 메리트가 없지 않나 생각하는 김두찬에게 로나가 말했다.

—생일을 알아뒀다가 예정에도 없이 선물을 하면 어떨 거 같아요? 당연히 호감도가 오르겠죠? 게다가 저기 보면 가명이라는 항목이 보이죠? 대부분은 저런 항목이 나타나지 않아요. 가명을 사용하지 않으니까. 그런데 그녀는 사용하고 있네요? 이것만으로도 뭔가 남들이 모르는 중요한 정보를 얻었다는 생각 안 드세요?

'응? 아… 그런 쪽으로는 생각을 못 해봤네.'

—그럼요. 인생 역전은 투자한 포인트를 날로 먹는 게임이 아니랍니다. 날강도 같은 이미지는 넣어두세요.

'이번엔 내가 좀 섣불렀네. 미안.'

앞서 가던 채소다가 빙글 돌더니 김두찬을 바라보며 뒤로 걸었다.

"위험해요. 앞으로 걸어요."

"헤헷."

김두찬의 충고에 대답은 않고 그냥 웃어버리는 채소다였다.

"근데요. 누나. 아까부터 뭐가 그렇게 기분이 좋아요? 그 좋아하는 고기를 입에 넣지도 못하고 경찰서에 끌려갔잖아요."

"응, 그랬지."

"사실 누나가 엄청 짜증 낼 거라고 생각했어요."

"아… 고기를 못 먹었는데 이어지는 상황이 언제나 겪을 수 있는 그런 일이었다면 짜증 냈겠지?"

"무슨 말이에요?"

"나 여태껏 한 번도 누구랑 시비 붙어서 경찰서에 가본 적 없거든. 내 인생에서 처음으로 해보는 경험이었어. 그런 거 신나지 않아?"

채소다는 언젠가부터 김두찬에게 말을 놓고 있었다.

그만큼 김두찬이 편해진 것이다.

하지만 정작 본인은 말을 놓고 있다는 걸 인지 못 했다. 김두찬 역시 마찬가지였다.

"두찬아. 혹시 에스컬레이터 탈 때 가만히 서 있지 않고 계단 밟아 움직이면서 천장 본 적 있어?"

"네?"

갑자기 이건 또 무슨 뚱딴지같은 소리인가 싶었다.

"그렇게 해봐. 내가 축지법 쓰는 것 같아서 재미있어."

"재미 이전에 상당히 위험할 것 같은데요."

"그럼 딱 한 번만 해봐. 다 경험이고 추억이 돼."

추억 찾다가 골로 갈 수도 있는 일이라고 김두찬은 생각했다.

'흠… 진짜 특이하단 말이야.'

정미연이 알면 알수록 사이즈가 거대해지는 여자라면, 채소다는 친해질수록 점점 더 속을 알 수 없는 사람이었다.

그렇다 보니 김두찬은 그녀를 더 알고 싶어졌다.

'좋아. 정보의 눈에 대해서 자세히 알아볼 겸, 오늘 누나에 대해서 다 파헤쳐 보자.'

김두찬은 500을 다 투자하기로 했다.

마침 계속해서 차오르던 간접 포인트가 오늘 한계치인 400까지 적립되어 있었다.

'간접 포인트 400과 직접 포인트 100을 투자하겠어.'

500포인트가 추가로 들어가자 채소다의 정보가 업데이트되었다.

김두찬의 시선이 우선 그녀의 좌우명으로 향했다.

좌우명: 무엇이든 한 번은 경험해 보자!

어쩐지 좌우명이 낯설지 않았다.

무엇이든 한 번은 경험해 보자는 건 김두찬이 좋아하는 장르소설 작가 서태휘의 좌우명과 비슷했다.

순간 어떠한 짐작 하나가 김두찬의 뒤통수를 탁 치고 지나갔다.

'설마… 아니겠지?'

하지만 수상한 게 한두 가지가 아니었다.

아까 안여돼에 대해 물어봤던 것도 그렇고, 정보창에 뜬 가명이라는 항목도 그렇고.

김두찬이 채소다의 오픈 정보를 처음부터 차례로 쥬르륵 읽어 내려갔다.

그러고서는 기함을 터뜨릴 뻔한 것을 겨우 참아냈다.

'이게… 진짜라고?'

이름: 채소다

가명: 서태휘

성별: 여

나이: 21세

생일: 6월 2일

키: 160㎝

몸무게: 48㎏

직업: 장르소설 작가

가장 뛰어난 능력: 스토리텔링

좋아하는 것: 고기

싫어하는 것: 야채

좌우명: 무엇이든 한 번은 경험해 보자!

고민: 새로운 주인공 캐릭터를 안여돼로 설정해야 하는데, 김
두찬의 도움을 받았으나 아직도 부족한 부분이 있음.

김두찬의 우상인 장르소설 작가 서태휘.

채소다는 바로 그 서태휘였다.

Liking 28

이거 그냥 습작인데요?

두 사람은 등갈빗집에 와서 드디어 고기를 뜯기 시작했다.

한바탕 소동을 일으켰던 두 사람이 다시 돌아오자 사장님은 이번엔 다른 테이블 손님과 시비 붙으면 안 된다며 음료수를 서비스로 내줬다.

간장 양념에 맛있게 조려진 등갈비를 채소다가 우악스레 뜯었다.

야들야들한 고깃살이 단번에 뜯겨 나가 뼈만 남았다.

냠냠냠. 꿀꺽!

채소다는 고기를 몇 번 씹지도 않고 삼켰다.

"와, 살살 녹는다."

땡그랑.

뼈를 버린 손이 잽싸게 또 다른 뼈를 집었다.

"안 뜨거워요?"

김두찬은 걱정스럽기도 하고 신기하기도 해서 물었다.

"뜨거!"

그제야 불에 달궈진 등갈비의 온도를 인지한 채소다가 들었던 고기를 내려놓았다.

'맛있는 고기'에 꽂혀서 '뜨겁다'는 걸 완전히 잊고 있었던 채소다였다.

역시나 하나에 꽂히면 무조건 직진하는 그녀다웠다.

김두찬이 채소다의 호감도를 살폈다.

'92.'

하루 동안 호감도가 무려 32나 올랐다.

채소다는 오늘 김두찬과 함께 있으면서 한 번 겪어보기도 힘든 일을 몇 번이나 겪었다.

작가로서 그녀의 좌우명을 그대로 실천하는 날이었다.

그렇다 보니 호감도가 빠르게 올랐다.

'남은 건 8.'

호감도 100을 채우면 그녀의 능력을 익힐 수 있다.

정보의 눈으로 본 그녀의 가장 뛰어난 능력은 스토리텔링이었다.

김두찬이 작가의 길을 걷기 위해 가장 필요한 능력 중 하나였다.

'그나저나 소다 누나는 왜 작가라는 걸 숨기는 거지?'

생각해 보니 첫 정모에 나가서 자기소개를 할 때, 그녀는 스스로 백수라 얘기했다.

오늘도 그랬다.

그녀는 지금 새로운 소설 주인공을 설정하는 데 애를 먹고 있다. 한데 이를 솔직하게 얘기하지 않고, 친구 핑계를 댔다.

'이유가 뭘까?'

고민을 하고 있는데, 채소다가 불쑥 물었다.

"두찬아, 넌 안 먹어?"

"네? 아, 먹고 있어요."

채소다의 앞에는 벌써 뼈다귀가 여섯 대나 쌓여 있었다.

거의 고기를 흡입하는 수준으로 먹어치우는 그녀였다.

"근데 누나. 진짜 백수예요?"

우물우물. 꿀꺽!

"으응? 그건 왜?"

"그냥 물어봤어요."

"백수 맞아. 그러니까 평일 낮에 카페에 앉아 있었지."

"프리랜서일 수도 있잖아요."

"…백수입니다."

"아, 네."

대답이 궁해지자 갑자기 존댓말을 썼다.

아무래도 지금은 무얼 물어봐도 저런 식으로 나올 것 같았다. 그리되면 쓸데없이 힘만 빼는 꼴이다.

'언젠가 더 친해지면 속내를 얘기하겠지.'

김두찬은 더 캐묻지 않기로 했다.

지금 중요한 건 그녀의 사생활보다 그녀의 능력이었다.

"누나. 이 근처 산다 그랬죠?"

"응."

"그럼 맛집도 많이 알고 있겠네요?"

"먹고 싶은 음식 물어보면 가장 맛있게 하는 곳이 어딘지 당장 추천 가능!"

"우리 이거 먹고 갈비 먹으러 가야 하잖아요. 가장 맛있는 집으로 추천해 줘요. 제가 살게요."

"와아~ 진짜 좋은 사람."

호감도가 2 올랐다.

제일 좋아하는 것이 고기였기에 말이 되는 상황이었다.

김두찬은 아예 분위기를 이쪽으로 잡고 가야겠다 생각했다.

"혹시 곱창 좋아해요?"

"웅웅!"

채소다가 등갈비 한 대를 입에 물고서 격하게 고개를 끄덕였다.

"저 구리 살거든요. 거기에 곱창 골목이 있어요."

"알아! 텔레비전에서 봤어."

"특히 외숙모네 곱창이라는 곳이 맛이 기가 막히는데. 한 번 같이 가요. 그것도 제가 살게요."

"나 오늘 천사를 본 것 같아."

호감도가 다시 3 올랐다. 이제 3만 더 올리면 된다. 쐐기 골 한 방이 필요했다.

김두찬이 장재덕과 주고받은 메시지함을 열었다.

장재덕은 김두찬과 맛집에 갔다 오면 꼭 그때 찍었던 사진 들을 전부 보내주곤 했다.

김두찬이 그 사진들을 채소다에게 보여주며 말했다.

"누나, 이거 봐봐요."

"헐? 뭐야?"

"제 친구 중에 전국의 맛집이란 맛집은 꿰고 다니는 녀석이 있어요. 근데 얘 취미가 뭔지 알아요?"

"뭔데?"

"자기가 가본 맛집 데리고 가서 사주기."

"……!"

"특히 고깃집을 많이 알아요. 다음번에 얘 소개시켜 줄게 요."

덥석!

채소다가 김두찬의 손을 잡았다.

'윽.'

그녀의 손에 묻은 등갈비 소스가 김두찬의 손에 묻어서 찝찝했지만 꾹 참았다.

채소다는 별빛이 깃든 것처럼 초롱초롱한 눈으로 김두찬을 바라보며 말했다.

"근래 만난 사람 중에서 네가 제일 착해."

그때 호감도가 100을 찍었다.

'역시 공략집!'

정보의 눈은 상대방의 호감도를 쉽게 올릴 수 있는 공략집이었다.

채소다의 정수리에서 흘러나온 빛 무리가 김두찬에게 흡수되었다.

그가 상태창을 열어보니 패시브 능력 맨 끝줄에 '스토리텔링: 0/100(F)'라는 항목이 추가되어 있었다.

'됐어!'

드디어 그토록 원하던 능력을 갖게 되었다.

김두찬은 날아갈 것처럼 기분이 좋았다.

당장에라도 랭크를 높인 다음 글을 써보고 싶었지만 참았다.

지금은 자신에게 이런 능력을 선사해 준 채소다가 마냥 고마웠으니 이 순간에 집중하기로 했다.

그날.

김두찬은 2차로 갈빗집에 들렀다가 3차로 카페에서 디저트

순회까지 마친 후, 11시가 다 되어서야 집에 돌아올 수 있었다.

＊　　　＊　　　＊

"후우."

샤워를 한 김두찬이 방에 들어와 앉았다.

상태창을 열어보니 간접 호감도는 0, 직접 호감도는 1,540이 남아 있었다.

"지금이… 11시 34분."

조금만 더 있으면 자정이다.

그럼 오늘 받았던 호감도 한계치가 리셋된다.

여전히 비현실 친오빠 관련한 동영상은 영향력이 강했다.

자정이 되자마자 간접 호감도가 상당히 쏟아질 것이라 그는 생각했다.

마음 같아서는 조금이라도 빨리 스토리텔링의 랭크를 높이고 싶었다.

하지만 직접 포인트를 쓰는 건 조금 아까우니 간접 포인트를 최대한 끌어모은 다음 투자를 하기로 했다.

'어제처럼만 분위기가 이어진다면 내일 중으로 간접 포인트 1,000이 충분히 채워질 거야.'

하루.

하루만 기다리면 된다.

아니, 운이 좋다면 자정이 지나고 두세 시간 만에 1,000포인트가 모일지도 모른다.

김두찬은 그런 상황을 생각하며 자정을 기다렸다.

하지만 그냥 시간을 때우기도 뭐했다.

'게임이나 할까?'

이렇게 흥분이 된 상황에 게임이 손에 잡힐 것 같지 않았다.

'애니메이션을 봐?'

눈에 들어올 리가.

결국 이도 저도 못 하고서 시간만 보내던 김두찬은 손가락을 딱 퉁겼다. 그러고는 당장 SNS 네트워크 '페이스인'을 열어 자신의 계정에 접속했다.

생성 이후로 죽 비공개였던 것을 얼마 전에 공개로 돌린 계정이었다.

이윽고 그는 프로필 사진에 달린 '좋아요' 개수를 보고 적잖이 놀랐다.

"18만… 개가 넘어?"

그의 계정에는 프사 빼고 업로드된 게시물이 하나도 없었다.

그런데 그 프사에 눌린 좋아요 개수가 18만 개 이상이었다.

아울러 계정 이웃 신청도 어마어마하게 들어와 있었다.

"732명……."

인터넷 수사대의 힘은 대단했다.

백화점 노래 영상이 많이 퍼지기는 했지만 자신의 이름을 아는 사람은 없었을 텐데도 이만큼의 친구 신청이 들어왔다.

프사에 달린 댓글들은 하나같이 비현실 친오빠를 찬양하고 있었다.

김두찬은 들어온 친구 신청을 일괄 수락했다.

그러자 여기저기서 개인 메시지를 보내왔다.

김시준: 우와! 이웃 수락 감사합니다! 비현실 친오빠가 형 맞죠? 형, 저 가수가 꿈인데 어떻게 하면 그렇게 불러요?

정란화: 꺅! 대박! 이거 오빠 진짜 계정 맞아요?

김지수: 동영상 봤어요, 오빠! 이웃 수락 고마워요~ 앞으로 팬 할게요!

"이게 다 뭐야."

김두찬은 메시지에 답을 해주려다가 한 번 시작하면 끝이 날 것 같지 않아 그만뒀다.

"그나저나 사진을 올리긴 해야 하는데."

간접 포인트를 많이 올리려면 SNS만큼 좋은 게 없다.

한데 문제는 찍어놓은 사진이 없다는 것이다.

인생 역전을 접하기 전에는 거울 속에 비친 모습을 보는 것도 싫었다.

당연히 카메라로 자기 얼굴을 찍어본 적이 없었고 그렇다 보니 셀카라는 것 자체가 어색했다.

어차피 언젠가는 해야 할 일, 김두찬은 간지러워도 꾹 참고 셀카를 찍어보기로 했다.

'빨리 익숙해져야 돼.'

김두찬이 스마트폰을 셀카 모드로 바꾸고 셔터 버튼을 누르려던 그때였다.

지이이이잉—

갑자기 핸드폰이 한참 동안 떨리며 메시지가 왔음을 알렸다.

누군가 메시지를 쉬지 않고 보내는지 진동은 그치지 않고 계속 이어졌다.

카메라앱을 끄고서 메시지함을 열었다.

한밤중에 메시지를 보낸 이는 다름 아닌 채소다였다.

그런데 내용은 하나도 없고 수십 장의 사진만 보냈다.

사진을 주르륵 올려보던 김두찬이 놀라 입을 쩍 벌렸다. 사진에 찍힌 건 전부 김두찬 본인이었기 때문이다.

김두찬이 바로 채소다에게 메시지를 보냈다.

—소다 누나, 이게 다 뭐예요?

—도촬… 이라고 하면 화낼 거야?

—아니, 그런 건 아닌데, 언제 이렇게 찍은 거예요?

김두찬은 그녀가 자신을 몰래몰래 찍는 줄도 몰랐다.

이적의 거짓말, 거짓말, 거짓말을 부르던 모습부터 시작해서 등갈빗집으로 향하던 거리, 등갈빗집 내부에서, 경찰서에서, 갈빗집과 카페, 그리고 헤어지는 와중 찍은 김두찬의 뒷모습도 담겨 있었다.

ㅡ네가 잘생긴 거 너도 알지? 모른다고 하면 거짓말! 셔터를 누를 수밖에 없는 얼굴이란 말이야.

ㅡ그럼 그냥 대놓고 찍죠?

ㅡ자연스러운 표정이 안 나와. 이게 훨씬 자연스러워. 그리고 이런 표정들이 필요했거든.

ㅡ네?

ㅡ...아무것도 아닙니다! 그럼 난 졸려서 이만~ 잘자용!

채소다가 메시지를 끝냈다.

그녀는 무엇이든 사진을 찍어 자료로 남겨놓는 걸 좋아했다.

하나하나 전부 글의 재료가 될 수 있기 때문이다.

김두찬의 사진을 찍었던 건, 미남의 자연스러운 표정들을 묘사할 때 좋을 것 같아서 반, 잘생겨서 반이었다.

물론 김두찬은 그런 속내를 알 수 없었지만 마침 사진이 필요하던 참에 잘됐다 싶었다.

그가 사진을 한 장 한 장 자세히 살폈다.

'버릴 게 하나도 없네.'

도촬임에도 불구하고 엄청나게 사진이 잘 찍혔다.

혼들리거나 초점이 나간 게 한 장도 없었다. 오히려 작품 사진을 찍어놓은 것처럼 멋지고 아름다웠다.

김두찬은 그 사진들을 전부 SNS에 업로드했다.

업로드를 마치고 나니 시간도 자정을 넘어서고 있었다.

그때부터 좋아요 수가 하나둘씩 오르기 시작했다.

이윽고 사진들은 여기저기 공유됐다.

그러면서 간접 포인트가 빠르게 솟구쳤다.

'이거지.'

김두찬은 한동안 가만히 앉아서 상태창을 띄워놓고 포인트가 올라가는 것을 즐겼다.

단 한 시간 만에 간접 포인트는 368이 찍혔다.

'좋아! 스토리텔링에 300 간접 포인트를 투자하겠어.'

상태창의 스토리텔링 랭크가 '0/100(F)'에서 '0/400(D)'으로 바뀌었다.

그리고 시스템 메시지가 나타났다.

[스토리텔링의 랭크가 E로 업그레이드됐습니다. 랭크 업 특전이 주어집니다. 경험한 사실을 논리 정연하게 정리할 수 있게 됩니다. 기승전결을 갖춘 상상 속 이야기를 만들어낼 수 있게 됩니다.]

[스토리텔링의 랭크가 D로 업그레이드됐습니다. 랭크 업 특전이 주어집니다. 경험한 사실, 혹은 상상 속 이야기에 극적 연출

을 가미할 수 있게 됩니다.]

"음… 이게 대단한 건가?"

김두찬은 랭크가 두 번 오르며 얻게 된 특전들이 과연 얼마나 대단한 것인지 감을 잡을 수가 없었다.

해서, 2년 전 써놓았던 습작 한 편을 워드 파일로 불러와 손을 보기 시작했다.

그런데 놀라운 일이 벌어졌다.

"어라?"

전에는 보이지 않았던 부족한 개연성과 허술한 기승전결의 구조, 그리고 쳐내야 할 군더더기들이 한눈에 들어왔다.

아울러 내용에서 말하고자 하는 주제가 잘 표현되었는지, 받쳐주는 소재들은 흥미로운지도 알 수 있었다.

하지만 그보다 먼저 머릿속에 드는 생각은 근본적으로 이것이 재미있는 이야기인가 하는 점이었다.

'이건 아니야.'

김두찬은 습작을 손보다가 고개를 절레절레 저었다.

애초에 흥미로운 요소가 전혀 없는 이야깃감이었다.

손을 본다면 극적 연출을 넣어 어떻게든 재미를 줄 수 있겠지만, 그래 봤자 호박에 줄 긋기다.

김두찬은 그 습작을 미련 없이 폐기했다.

그러면서 한편으로는 스토리텔링의 능력에 감탄하는 중이

었다.

'뭐에 홀리기라도 한 것 같아.'

며칠 전까지만 해도 김두찬은 가끔 자신의 습작들을 꺼내 보며 흡족해하곤 했다.

잘 썼다고 할 순 없었으나, 그렇게 못 쓴 것 같지도 않았다.

그런데 지금 보니 확실히 알 수 있었다.

정말 형편없을 정도로 엉망이라는 것을.

아울러 스스로 쓴 글에는 본래 애정이라는 놈이 깃들어 냉정함의 시각을 가려 버린다.

한데 마치 남의 글을 읽듯 냉정하게 자기 글을 평가할 수 있었다.

'이 능력이라면⋯ 괜찮은 글을 적을 수 있어.'

김두찬은 자신의 습작들을 쭉 훑어보며 그중에서 그나마 괜찮은 것 세 편을 걸러냈다.

그리고 그중 한 편에 손을 대기 시작했다.

*　　　*　　　*

시간이 어떻게 흐르는지도 몰랐다.

소설의 구조를 다시 잡고 퇴고해 나가는 게 너무나 재미있었다.

겨우 습작 한 편을 재탄생시키고 나니 어느새 두 시간이 훌쩍 지나가 있었다.

김두찬은 자신의 손을 거쳐 다시 태어난 습작을 빠르게 읽어봤다.

'훨씬 재미있다.'

같은 주제와 소재를 가지고 이야기 구조와 기승전결을 바꾼 뒤, 필요 없는 부분을 들어냈다.

거기에 극적인 요소들을 조금 넣어준 다음 전체적 밸런스를 다듬었을 뿐인데 완성도와 재미가 몇 배 이상 늘어났다.

'이거 장난 아니다.'

스토리텔링의 위력을 제대로 만끽한 김두찬이 간접 포인트를 확인했다.

'521.'

그새 453 간접 포인트가 더 들어와 있었다.

김두찬은 그중 400포인트를 스토리텔링에 투자했다.

[스토리텔링의 랭크가 C로 업그레이드됐습니다. 랭크 업 특전이 주어집니다. 모든 장르의 글을 능숙하게 집필할 수 있게 됩니다. 작품에 대중적 재미를 입힐 수 있게 됩니다.]

'좋아.'

여기서 말하는 장르란 로맨스, 판타지, 스릴러 같은 것들을 말했다.

작가들 중에 모든 장르를 넘나드는 올라운더는 사실 많지 않다.

대부분 자신이 가장 잘할 수 있는 주력 장르에서만 글을 집필한다.

그런데 김두찬은 어떤 장르든 섭렵 가능한 상태가 됐다. 거기에 대중적 재미까지 가미할 수 있으니 이건 어떤 글을 써도 먹히게끔 끌어나갈 수 있다는 얘기가 된다.

김두찬이 조금 전 퇴고했던 글을 다시 한번 들여다봤다.

그러자 또다시 문제점이 보였다.

'소설의 구조적 재미와 기승전결에서 서서히 드러나는 주제의식을 음미해 나가는 재미는 있어. 하지만 대중적 재미가 거의 배제되어 있어.'

좀 전까지만 해도 짚어내지 못했던 부분이었다.

'역시 아는 만큼 보이는 거구나.'

김두찬은 원고를 재차 퇴고했다.

이번에는 장르적 재미와 대중적 재미를 가미했다.

그러다 보니 또 한 번 기승전결이 바뀌었다.

이전의 글은 기승전결을 차례대로 보여주는 구조였다면 이번에는 현재 시점을 중심으로 과거를 오가는 영화 시나리오의 기법 중 하나인 부챗살 플롯을 따라갔다.

이번 작업은 한 시간이 걸렸다.

"후우."

드디어 김두찬의 눈에 차는 작품이 탄생했다.

세 시간 전까지만 해도 어디 내놓기 부끄러웠던 습작이 그럴듯한 단편 작품으로 바뀐 것이다.

김두찬은 과연 이 글이 사람들에게 얼마나 통할 것인지 궁금했다.

하지만 당장 누구에게 보여줄 사람이 없었다.

잠깐 고민하던 김두찬은 자신이 자주 애용하는 장르소설 사이트에 접속했다.

이미 5년 전부터 애용하고 있는 이 사이트의 이름은 '환상서'였다.

그곳은 주로 판타지성이 짙은 장르소설이 주류를 이룬다.

서태휘의 글 역시 이 곳에서 연재가 되고 있었다.

김두찬은 연재 게시판을 하나 생성했다.

게시판의 이름은 '김두찬 단편선'으로 정했다.

그리고 오늘 손봤던 단편을 복사해 그대로 올렸다.

총 2만 5천 자에 달하는 짧은 소설의 제목은 '몽중인'이었다.

'누가 읽어나 줄까?'

환상서에서 연재하는 글이 빛을 보려면 꾸준히 연재해야 했다.

이렇게 달랑 단편 하나를 올려서는 거들떠도 보지 않았다.

아울러 제목 역시 평이하니 그냥 그대로 묻힐 가능성이 높았다.

김두찬은 큰 기대 없이 사이트를 닫았다.

시간을 보니 벌써 다섯 시가 다 되어 있었다.

'윽, 얼마 못 자겠다.'

김두찬은 얼른 침대에 몸을 눕히고 눈을 감았다.

어둠 속에서 오늘 겪었던 여러 가지 일들의 부분부분이 단편적으로 떠올라 어지러이 뒤얽혔다.

혼란과 정적으로 묘하게 점철된 새벽, 김두찬의 의식은 수마에 이끌려 빠르게 침잠했다.

*   *   *

채소다는 서태휘라는 필명으로 인터넷상에서 장르 작가로 활동하는 중이다.

이미 어린 시절부터 이야기꾼으로서의 두각을 드러낸 그녀는 고등학교에 입학하자마자 환상서에 글을 연재했다.

그런데 그 글이 놀랄 만한 흥행 돌풍을 일으켰다.

당연한 수순이지만 그녀의 작품은 책으로 출간되었고 그해, 가장 많은 판매고를 올린 장르소설이 되었다.

이후 서적 시장이 완전히 죽고 E-BOOK의 바람이 휘몰아쳤을 때도 그녀는 가장 빨리 적응하며 1세대 E-BOOK 흥행 작가로 우뚝 섰다.

그다음부터는 그녀의 필명이 브랜드가 되었다.

연재를 하기만 하면 무조건 초대박이 났다.

현재 집필 중인 소설도 연재할 때마다 투데이 베스트 1위를 놓치지 않았다.

그녀가 이렇게 실패를 하지 않는 데에는 타고난 재능도 재능이지만, 쉬지 않고 여러 글을 읽는 노력도 뒷받침되었다.

글에 대해 고민하고 쓰는 시간 외에 대부분은 사이트에 올라오는 다른 글을 읽는 데 보냈다.

신인이든 기성 작가든 새로운 글을 올리면 적어도 1화는 읽어보곤 했다.

지금도 밤새 글과 싸우다가 한숨 돌리며 새로운 글이 올라온 게 있나 없나 커뮤니티를 둘러보던 중이었다.

그런데 새로 등록된 연재 글 중 '김두찬 단편선'이라는 제목이 눈에 들어왔다.

"어? 김두찬?"

채소다가 설마 하며 게시판에 들어갔다.

그러자 '몽중인'이라는 글 하나가 눈에 보였다.

그것 말고는 다른 글이 없었다.

"단편선이라고? 여기서?"

단편을 올린다고 먹힐 곳이 아니었다.

무슨 생각인 건지 모르겠으나 김두찬이라는 이름도 신경

쓰이고 어떠한 단편인지 궁금하기도 해서 일단 읽어보기로 했다.

그리고 정확히 10분 후.

"……"

채소다는 뒤통수를 얻어맞은 충격에 석상처럼 굳었다.

약간의 시간이 흐른 뒤 겨우 정신을 차린 채소다의 머릿속엔 한 가지 단어밖에 떠오르지 않았다.

'천재다.'

그것은 근 몇 년 사이 그녀가 읽어봤던 단편 중에 가장 재미있고 완벽했다.

어느 한 군데 흠잡을 데가 없었다.

'설마 이 김두찬이 내가 아는 그 김두찬?'

동명이인일 수도 있지만 김두찬이라는 이름이 흔한 건 아니다.

당장 연락을 취해볼까 하다가 너무 이른 새벽이라 관뒀다.

그러고는 소설에 댓글을 남겼다.

서태휘: 단언컨대 이렇게 완벽하고 재미있는 단편은 처음입니다.

도저히 그 한마디를 달지 않고는 견딜 수가 없었다.

한데 서태휘의 이 짧은 댓글이 큰 반향을 불러일으켰다.

그녀는 자신의 정체를 철저히 숨기는 성향 때문에 댓글을 달지 않기로 유명했다.

팬들이 환상서 사이트 내의 메시지 기능을 이용, 그녀에게 다이렉트 메시지를 넣어도 읽기만 하고 답장을 하지 않았다.

그런 그녀가 누군지도 모를 신인 작가의 단편에다 댓글을 남긴 걸 팬 중 한 명이 봤다.

그리고 이 소식을 환상서의 자유게시판에 올렸다.

결국 서태휘의 팬들이 대체 얼마나 대단한 글이기에 그 도도한 작가가 댓글을 다 단 것이냐며 김두찬의 게시판에 우르르 몰려들었다. 조금 전까지 3을 기록하던 조회 수가 갑자기 10, 20, 30 50, 100을 돌파했다.

조회 수가 높아질수록 추천 수도 올라갔다.

아울러 댓글도 무섭게 달리기 시작했다.

두 시간 정도가 흘렀을 때 조회 수는 5,000을 넘어섰고, 댓글은 123개가 달렸다.

다들 대체 이 미친 필력의 신인이 누구냐면서 정체를 유추하기에 이르렀다.

혹자는 유명 작가가 새로운 필명을 만들어 본인임을 숨기고서 단편선을 연재하는 게 아니냐는 의견도 내놓았다.

그런가 하면 또 누군가는 서태휘의 자작극이라는 의견을 피력하기도 했다.

개중 정말 괴물 신인이 등장한 것이라 믿는 이들은 아주 소수에 불과했다.

결국 자유게시판은 두 시간 동안 거의 모든 내용이 몽중인에 관련된 것들로 도배되다시피 했다.

나중엔 게시판 관리자가 등장해 몽중인 관련 글을 자제해 달라 부탁을 하기에 이르렀다.

하지만 시간이 흐를수록 불길은 진화되기는커녕 무서운 속도로 번져 나가기만 했다.

정작 이 사태의 원인이 된 몽중인의 작가 김두찬은 아무것도 모른 채 단잠에 빠져 있었다.

그러는 동안 그의 환상서 메시지함에는 일반 독자들과 작가들, 그리고 출판사에서 날아온 메일들이 쌓여가고 있었다.

                    *   *   *

다음 날.

김두찬은 아침에 일어나자마자 컴퓨터를 켜 환상서에 접속했다.

크게 기대하지는 않았지만 그래도 댓글이 한두 개쯤은 달리지 않았을까 싶어서였다.

그런데.

"…뭐야."

김두찬은 게시판을 잘못 들어온 줄 알았다.

아니었다.

그는 제대로 들어왔다.

그런데 아무래도 무슨 오류가 생긴 게 아닌가 싶을 정도로 믿기 힘든 숫자의 향연이 펼쳐졌다.

몽중인의 조회 수가 27,000을 넘어갔고, 댓글은 358개가 달렸으며 추천 수는 1,227이 눌렸다.

"무슨 일이……."

김두찬이 마른침을 꿀꺽 삼키고서는 몽중인을 열었다.

358개의 댓글들은 하나같이 김두찬의 글에 대해 호의적으로 말하고 있었다.

물론 그 안에서도 대체 작가의 정체가 무어냐 묻는 이들이 상당했다.

중요한 건 악플은 어쩌다 한두 개 보일까 말까 했고, 대부분이 선플이라는 것이었다.

댓글을 읽어 내려가는 김두찬의 눈에 희열이 담겼다.

마우스 휠을 돌리는 손이 기분 좋은 흥분에 파르르 떨려왔다.

'이게… 내 글에 대한 반응이라고?'

김두찬은 댓글들을 하나하나 곱씹고 곱씹으며 전부 읽어 내려갔다.

3분의 1은 찬양하는 댓글, 3분의 1은 정체를 밝히라는 댓글, 나머지는 '이건 단편집으로 묶어 출간하려는 것이냐? 아니면 정식으로 연재하려는 장편소설의 프롤로그냐?'라고 묻는 글이었다.

김두찬은 글의 저작자로서 그들의 궁금증을 해소해 주고 싶었다.

'음… 내가 정체를 감추고 뭘 한 게 아니니까 거기에 대해서는 대답해 줄 게 없고…….'

김두찬은 결국 다른 하나의 물음에 대해서만 대답해 주기로 했다.

김두찬: 이거 그냥 습작인데요?

김두찬은 그 한 줄만 남기고서 컴퓨터를 끄고 등교할 준비를 했다.

그리고.

그 한 줄로 인해 사이트가 다시 한번 뒤집어졌다.

Liking 29
진주 찾기

방송 작가들은 항상 소재 때문에 목마르다.

드라마, 예능, 시사, 교양, 어느 분야든 독창성과 시청자들의 구미에 맞는 소재를 찾기 위한 갈증은 비슷비슷하다.

하지만 그중에서도 더더욱 소재의 다양성을 갈구하는 건 화제의 인물을 찾아다니는 시사/교양 프로그램이다.

이런 프로그램의 대표적 예로 SBC의 '기인열전'과 MBS의 '수상한 사람들'을 들 수 있다.

둘 다 10년 넘게 롱런을 한 프로그램들이다.

그런데 KBC는 불과 반년 전까지 이런 프로그램이 없었다.

그러다 속세를 버리고 자연으로 떠난 사람들을 취재하는

프로그램이 종영하면서 세상의 기인이나 화제 인물을 찾아 소개하는 프로그램을 새로 론칭하게 됐다.

프로그램의 이름은 진주 찾기.

다소 식상해 보이는 제목과 이미 다른 지상파에서 개성 강하고 특이한 인물들을 집중 취재하여 내보내는 바람에 반년 동안 시청률이 기를 펴지 못했다.

이러다 소리 소문 없이 사라지는 게 아니냐는 우려도 나오고 있었다.

당장 방송 시간은 다가오는데, 이렇다 할 아이템이 없었다.

조금 재미있겠다 싶은 사람을 만나면 이미 타 방송 프로그램에 출연했거나 소문이 과장된 경우가 태반이었다.

이번 주 아이템까진 어떻게 끼워 넣어 송출했지만 당장 다음 주 아이템이 문제였다.

방송은 한 주에 세 사람을 촬영해 나가야 한다.

두 사람은 어렵게 구했으나 나머지 한 사람이 영 신통치 않은 내용인지라 고민이 컸다.

조련 전문가도 아닌 50대 노인이 어떠한 포악한 개도 조련할 수 있다고 해서 갔는데, 개를 조련하다가 물렸다.

하지만 노인은 그것 역시 개를 조련하는 과정이라며 박박 우겼다.

이 장면을 들어내서 내보내면 방송할 게 없고, 그냥 송출하자니 욕만 먹을 게 분명했다.

진주 찾기의 방송 시간은 매주 월요일 오후 9시.

오늘이 목요일이니 이제 4일 남았다.

아이템을 찾아서 사람을 만나 방송 허가 구하고, 촬영하고, 편집까지 하려면 시간이 빠듯하다.

상황이 상황인지라 전날부터 방송 작가들은 뜬눈으로 밤을 지새우며 대체 아이템을 필사적으로 찾았다.

있으면 땡큐고, 없으면 죽는다.

목요일 아침.

세 명의 여성 작가들이 하나같이 떡 진 머리를 하고 회의실에 모여 앉았다.

셋 다 얼굴엔 피곤한 기색이 가득했는데, 전날보다 생기가 돌았다.

말인즉, 모두 대체 아이템을 적어도 하나씩은 가져왔다는 얘기다.

왕고 작가 송하연이 안경을 벗고 눈을 지그시 눌렀다.

며칠 동안 고작 여섯 시간 쪽잠으로 때운 게 전부인 데다가 끼니도 제대로 챙기지 못했다.

샤워 같은 호사는커녕 눈곱 뗄 시간이나 있으면 다행이었다.

이미 의상은 사흘 동안 똑같이 연결됐다.

집에 들어가지 않았다는 얘기다.

그럼에도 기본적으로 가지고 있는 미모는 빛을 잃지 않았다.

KBC에서 얼굴마담이라 불릴 정도로 모두가 인정하는 미모를 가진 여인이 바로 그녀였다.

올해 38살의 골드 미스이자 빈말의 대가도 바로 그녀였다.

송하연은 절대 화를 내지 않는다.

다만 어쩐지 찝찝해지는 빈말로 사람의 마음을 불편하게 할 뿐이다.

지금처럼.

"성 작, 유 작. 둘 다 잠 못 잤지? 어떡해, 피곤하겠다. 나도 며칠째 잠 못 잤지만."

성 작, 유 작.

성 작가, 유 작가를 줄여서 부르는 말이다.

두 여성 작가가 송하연의 말에 고개를 절레절레 저었다.

"아니요. 쌩쌩해요. 선배님이 더 피곤하시죠."

"그럼요. 아! 저 이번에 대체할 아이템 하나 찾아왔는데요."

"어머나, 정말? 밤새 하나라도 찾아오느라 고생했어. 대견해."

이건 분명히 돌려 까는 것이다.

하도 당해왔던 터라 성 작가는 거북한 속을 무시하고서 태블릿PC를 내밀었다.

"비현실 친오빠라고 들어보셨어요?"

"그게 뭐야?"

"여태 어느 방송에서도 얼굴 알린 적 없는 일반인인데 어지간한 가수만큼 부르더라고요. 어제는 한강 공원에서 버스킹한 영상도 올라왔던데 장난 아니에요. 마스크도 탈일반인급."

송하연은 성 작가가 보여주는 영상을 심드렁하게 감상했다.

확실히 노래도 잘 부르고 상당한 미남이었지만 그것만으로 화제 인물이라 하기에는 무리가 있었다.

그때 유 작가가 치고 들어왔다.

"선배님, 이런 건 어때요? 요즘 대세가 SNS 스타잖아요. 우리 프로그램 취지가 마냥 기인들만 찾아다니는 것도 아니고, 재능 있는 인재 발굴이라는 측면도 있으니까 될성부른 나무를 찾아가는 거죠. 보세요."

유 작가가 누군가의 SNS 페이지를 열어 송하연에게 들이밀었다.

"저번주에 SNS를 시작한 모양인데 벌써 팔로우가 10만이 넘었어요. 사진도 오늘 새벽쯤 몰아 올린 수십 장이 고작이에요. 근데 사진마다 좋아요는 5만 이상씩 눌렸고요."

"우와, 그렇구나."

이번에도 송하연은 탐탁찮은 반응이었다.

정말 그녀의 마음에 들었다면 더한 찬사가 쏟아졌을 것이다. 하지만 그렇다고 다른 작가들을 돌려 까지도 않았다.

말인즉, 자신에게 더 괜찮은 아이템이 있다는 것이다.

"얘들아. 내가 어제 뭘 발견했는데, 한번 볼래?"

그래, 차라리 이쪽이 낫다.

송 작가와 유 작가가 송하연의 태블릿PC에 눈을 모았다.

"환상서라고 다들 알지?"

"네."

"요즘 장르문학의 붐이 예사롭지 않잖아."

"그렇죠. 거기서 히트 친 작품 중에서 드라마 계약한 것만 열 작품이 넘잖아요."

"영화 제작 들어가는 작품도 있어요."

"그래. 근데 어제 여기서 아주 난리 난 글이 하나 있어. 작가가 초짜인 데다가 단편 습작 하나만 올렸는데 그게 사이트를 완전히 뒤집어놓은 거야. 유 작 말대로 우리 프로그램이 재능 있는 인재 발굴의 취지도 있다고 한다면 이런 사람을 취재하는 게 더 맞지 않을까?"

그렇게 말한다는 건, 이미 자신의 아이템을 써먹겠다는 뜻이었다.

두 어린 작가는 군말 없이 동의했다.

"그게 좋겠네요. 선배님, 저 글 좀 잠깐 읽어봐도 돼요?"

"응. 읽어봐."

유 작가가 태블릿을 가져와 몽중인이라는 글을 터치하려다 말고 고개를 갸웃거렸다.

"김두찬 단편선? 작가 이름이 김두찬이에요?"

"필명인지 본명인지 모르겠지만 그런 모양이더라. 왜?"

유 작가는 대답 대신 자신의 태블릿PC를 가리켰다.

송하연이 시선을 옮겼다.

그러자 유 작가가 추천한 SNS 스타의 이름이 들어왔는데 놀랍게도 김두찬이었다.

"김두찬? 이름이 같네?"

그에 자기 아이템이 무시당해 시무룩해 있던 성 작가도 목을 쭉 빼고 두 사람의 태블릿PC를 번갈아 봤다.

그러다 SNS에 업로드된 사진을 보고 눈을 휘둥그레 떴다.

"어? 저 사람… 비현실 친오빠인데?"

"뭐?"

"성 작이 추천했던 영상 속에 그 친구?"

"네."

세 여자는 한동안 서로 시선을 교환하며 아무 말이 없었다.

이제 보니 셋 다 똑같은 사람을 추천하고 있었던 것이다.

돌아가는 상황을 파악한 이상 망설일 이유가 없었다.

"성 작. 유 작. 당장 그 사람 연락처 알아내서 접촉하도록 해."

"네!"

두 서브 작가가 동시에 대답하고서 회의실을 나섰다.

송하연은 다급히 어딘가로 전화를 걸었다.

자고로 인맥은 이럴 때 이용하라고 있는 법.

송하연의 지인들 중 이런 쪽에 가장 빠삭한 사람이 전화를 받았다.

―송 작가, 오래간만이네요?

스마트폰 너머로 교양이 넘치다 못해 조금 과한 중년 여인의 음성이 들려왔다.

"서 대표님. 잘 지내시죠? 부탁드릴 일이 좀 있어서 전화드렸어요. 조금 어려운 일일 수도 있는데 죄송해서 어쩌죠?"

예의상 하는 말이다.

그걸 아는 상대방은 적당한 말로 받아주었다.

―내 목숨 구해준 송 작가 부탁이라면 하늘의 별을 따 달라고 해도 들어줘야지. 빙빙 돌리지 않아도 돼. 말해봐. 뭐야?

"연락처를 알고 싶은 사람이 있어서요."

―응~ 누구?

"그게……."

송하연이 서 대표라는 사람에게 자초지종을 털어놓았다.

서 대표는 곧 연락 주겠다는 대답과 함께 통화를 끊었다.

송하연은 그제야 한시름 놓은 표정으로 흐뭇한 미소를 머금었다.

"역시 사람은 착하게 살고 봐야 돼."

*   *   *

뷰티연의 대표 서인경은 송하연과 통화가 끝나자마자 그녀의 남편에게 전화를 했다.

서인경의 남편 정태산은 한국에서 방귀 좀 뀐다는 연애 기획사 플레이 인(Play In)을 이끌어가는 대표다.

그는 항상 차갑고 무뚝뚝했다.

하지만 은근히 아내의 부탁은 거절하지 못했다.

정태산이 그의 비서 이정국에게 김두찬의 연락처를 알아오라 명했다.

그의 한마디는 곧 커다란 파문이 되어 비서 이정국뿐만 아니라 여러 부서의 사람이 동시에 움직이도록 만들었다.

정태산은 무엇이든 일이 빠르게 처리되는 걸 좋아했다.

만약 조금이라도 늘어진다는 느낌이 들면 불호령이 떨어졌다.

그걸 아는지라 그의 밑에서 일하는 사람들은 모든 인맥을 총동원해 김두찬의 정보를 추적하기 시작했다.

회사 안에서 움직인 건 열 명 남짓이지만, 회사 밖에서 움직이는 사람은 백에 가까웠다.

그 결과 삼십 분이 채 지나기도 전에 이정국이 김두찬의 연락처를 알아왔다.

정태산은 그것을 서인경에게 넘겼고, 서인경은 다시 송하연에게 전했다.

그런데 일이 생각지 못한 방향으로 튀었다.

공교롭게도 김두찬에 대해 조사를 하던 이정국이 그의 스타성을 알아본 것이다.

그는 김두찬의 연락처와 별개로 그와 관련된 인터넷상의 모든 이슈를 정리해 정태산에게 넘겼다.

이정국이 쓸데없는 짓을 벌이지 않는 걸 아는 정태산은 그 자료를 유심히 살폈다.

그리고 모든 자료를 확인한 정태산의 입꼬리가 기분 좋게 말려 올라갔다.

그가 이정국에게 바로 임무를 맡겼다.

"이 청년 공손히 데려와. 잘만 키우면 우리 회사 배 불려줄 인재니까. 한 번에 데려오기 힘들면 삼고초려를 해서라도 데려와."

이정국은 정태산의 인재 보는 눈을 잘 안다.

그리고 차가운 성격과 달리 회사를 배 불려주는 인재에게는 얼마나 깍듯하게 인간적으로 대해주는지 또한 알고 있었다.

비록 자신이 먼저 알아보고 추천하긴 했지만, 정태산마저 그리 말했다면 김두찬은 진짜였다.

"알겠습니다, 대표님."

이정국이 고개를 숙이고서 바로 사무실을 나섰다.

*   *   *

목요일 첫 강의는 10시 10분부터였다.

김두찬은 30분 일찍 학교에 도착했다.

아직 강의실에 나온 학생들은 몇 없었다.

늘 모여 다니는 여학생 세 명이 전부였다.

"두찬아, 안녕!"

그들은 김두찬이 나타나자 해맑게 인사를 하며 다가왔다.

"응, 안녕."

김두찬은 뒤쪽 창가 자리에 앉으며 마주 인사를 했다.

여학생들이 그런 김두찬을 둘러싸고서 돌아가며 질문 공세를 퍼부었다.

"두찬아. 네 영상 또 올라왔더라?"

"야, 완전 놀랐어. 무반주로 노래 그렇게 부르는 사람 처음 봐."

"거짓말~ 음~ 거짓말~ 하는데 눈물 핑 돌았잖아."

무슨 얘기인가 했더니 어제 한강 공원에서 불렀던 이적의 노래를 말하는 것이었다.

"그게… 영상이 돌았어?"

김두찬이 놀라서 물었다.

"어머? 정작 본인은 못 봤나 본데?"

"내가 보여줄게."

여학생 한 명이 스마트폰을 꺼내 영상을 플레이했다.

"진짜네?"

"근데 두찬아. 기타 치는 애는 연기과 걔 아니야? 매번 족구할 때 선발로 뛰는 애. 이름이 뭐더라."

"근원이."

"맞다! 근원이! 혹시 같이 밴드 해?"

"그건 아니고……."

김두찬이 자초지종을 설명하려 할 때였다.

지이이이잉—

"응?"

스마트폰이 울렸다.

액정에는 처음 보는 번호가 떠 있었다.

"잠깐, 전화가 와서."

김두찬이 여학생들에게 양해를 구하고 전화를 받았다.

"여보세요."

그러자 스마트폰 너머에서 사근사근한 음성이 들려왔다.

—혹시 김두찬 씨 전화 맞나요?

"네. 제가 김두찬인데요?"

—아! 안녕하세요! 저는 KBC 시사 교양 프로그램 진주 찾기의 메인 작가 송하연이라고 합니다.

"KBC 메인 작가요?"

김두찬의 말에 귀를 쫑긋거리고 있던 여학생들은 난리가 났다.

제들끼리 귓속말을 주고받으며 소리 없는 아우성을 떨었다.

─네. 이렇게 불쑥 연락드려서 죄송해요.

"제 연락처는 어떻게 아셨어요?"

─우리나라 인간관계가 세 다리 건너면 다 연결된다는 거 아세요?

결국 인맥을 이용했다는 얘기다.

'하지만 아무런 연결 고리가 없을 텐데.'

뭔가 좀 찝찝했지만 얼마 전 정미연에게 들은바 '그쪽 세계' 사람들이 연락처 알아내는 건 일도 아니라던 얘기도 있고 해서 깊이 캐묻지는 않았다.

"음… 근데 어쩐 일로 전화 주셨나요?"

─제가 돌려 말하는 성격이 못 돼서요. 바로 말씀드릴게요. 혹 우리 쪽에서 김두찬 님을 촬영해도 괜찮을까요?

"촬영이요?"

통화 내용을 엿듣던 여학생들의 눈이 휘둥그레졌다.

─네. 진주 찾기라는 프로그램 혹시 알고 계신가요?

김두찬은 별로 좋아하지 않았지만 부모님들이 그런 유의 프로그램광인지라 거실을 오가며 몇 번 본 기억이 있었다.

"네. 방영한 지 얼마 안 된 프로 아닌가요?"

─맞아요. 우리 프로그램에서는 남들과 다른 특별한 삶을 사는 사람이나 재능 있는 인재를 취재해서 방영하고 있어요. 두찬 씨는 재능 있는 인재라는 카테고리에 딱 맞는 분이셔서 어렵게 연락처를 찾아 전화드렸어요.

"네? 제가 어떤 쪽으로 재능이 있다는 건지 잘……."

말을 하면서 김두찬은 자신의 노래 영상들을 떠올렸다.

혹시 그쪽인가? 작가라면 무엇이든지 한 번은 해보겠다 마음먹었으나 벌써부터 연예계에 발 담그기는 싫었다.

그것도 가수를 진로를 잡는 건 더더욱!

"혹 노래 영상 때문이라면 조금……."

—아니요! 그것 때문만은 아니에요. 물론 그 영상이 장안의 화제인 건 맞지만 그 외에도 두찬 님은 SNS를 시작한 지 며칠 만에 폭발적인 반응을 이끌어냈고, 무엇보다 환상서를 아주 뒤집어놓았잖아요.

환상서라는 단어가 나오자 김두찬의 표정이 밝아졌다.

"어? 환상서를 아세요?"

—그럼요. 장르문학은 더 이상 그들만의 리그가 아니에요. 이제는 비주류를 벗어나 주류의 한 축으로 우뚝 섰죠. 방송가나 충무로 쪽에서도 예의 주시하고 있을 정도니까요. 환상문학이라는 건 얼마든지 원 소스 멀티 유즈가 가능한 분야로 발전해서 이제 이쪽 바닥과 동떨어질 수 없어요. 드라마만 해도 성사된 게 여러 작품이고, 독립적으로 시나리오를 집필한 경우를 봐도 환생, 회귀, 그런 소재 얼마나 많이 나와요?

"그렇죠."

말을 들어보니 송하연이 김두찬의 관심을 사기 위해 수박 겉핥기 식으로 주워 들은 지식을 늘어놓는 건 아닌 듯했다.

그녀는 환상서 얘기를 하면서 스스로 재미있게 읽었던 소설들을 예로 들기도 했다.

'진짜 장르문학을 좋아하는구나.'

김두찬은 송하연과의 작은 유대감으로 처음보다 경계의 끈이 조금 느슨해졌다.

물론 그건 송하연이 노린 것이었다.

─그래서 요는, 두찬 씨를 여러 가지 재능을 겸비한 청년으로 소개하고 싶다는 거예요.

'여러 가지 재능이라.'

잠시 생각하던 김두찬이 송하연에게 물었다.

"혹시 그 재능들 중에서 노래나 다른 면보다 글에 관한 것을 더 부각시켜 주실 수 있을까요?"

─글이요?

"네. 부끄러운 얘기지만 저는 작가 되는 게 꿈이라서, 너무 엇나가는 쪽으로만 주목받긴 싫거든요."

─음…….

송하연의 머리가 빠르게 돌아갔다.

상당한 미모에 노래까지 잘 부르는데 실상은 작가가 되고 싶어 하는 청년이라.

'나쁘지 않은 아이템인데?'

독특하고 특이했다.

누구나 예상할 수 있는 방향으로 가는 것보다 차라리 이렇게 한 번 틀어주는 게 더욱 신선할 수도 있었다.

―좋아요. 편집의 방향을 두찬 씨의 외모나 노래 실력에 관한 내용 반, 그리고 글에 관한 내용을 반으로 잡을게요. 한데 문제가 조금 있어요.

"무슨 문제요?"

―글에 관한 내용을 담기엔 현재 두찬 씨가 관련 분야에서 보여준 모습이 너무 없어요. 혹시 다른 사이트에 필명으로 연재를 한 글이 있나요?

"아, 아니요."

―음… 그럼 분량 뽑기가 힘든데. 글을 좋아하는 청년이 습작을 하는 모습입니다, 하고 혼자 습작하는 걸 내보낼 수도 없고. 그건 그림이 너무 심심해요. 뭔가 대안이 있으니까 이런 조건을 거신 거죠? 설마 생각 없이 지른 건 아닐 테고요.

드디어 송하연의 주특기, 돌려 까기가 시전됐다.

물론 성격적인 문제였지, 김두찬에게 어떤 악의를 품은 것은 아니었다.

하지만 이번에는 상대가 나빴다.

"그쪽 말씀대로 제가 생각이 짧았네요. 대안 같은 것 없으니까 다른 분 찾아보시죠."

김두찬은 평생을 여러 유형의 사람들에게 당하며 살아온 경험이 있었다. 특히 이유 없이 상대의 취약한 점을 잡고 비꼬는 사람을 가장 싫어했다.

김두찬이 그렇게 나오자 송하연은 당황했다. 뒤늦게 자신의 좋지 않은 화법이 튀어나왔다는 것을 깨달은 것이다.

　—저, 두찬 씨. 제가 나쁜 의도로 그렇게 말한 건 절대 아니고요. 저기요, 두찬 씨? 제 말 듣고 있죠? 두찬 씨?

　수화기에서 통화가 종료되었음을 알리는 소리에 송하연이 멍한 표정으로 중얼거렸다.

　"…뭐야, 진짜 끊은 거야?"

　설마 실수로 튀어나온 돌려 까기 한 번에 마지막 희망이었던 김두찬이란 아이템을 놓치게 생길 줄이야.

　그녀의 마음이 다급해졌다. 원래라면 그녀가 갑이었겠지만, 이번에는 무조건 김두찬의 비위를 맞춰야 프로그램이 살 수 있음을 아는 것이다.

　"받아라, 받아라. 제발 받아라."

　1초를 10분처럼, 몹시 초조해하며 통화 연결음을 듣고 있던 송하연의 표정이 다시 밝아졌다.

　"아! 두찬 씨. 그게……."

　—이렇게 하면 어떨까요?

　"네?"

　—오늘부터 제가 장편소설을 연재할게요.

　"…네?"

　송하연이 황당한 표정을 지었다.

　난데없이 장편소설이라니?

김두찬의 능력이 비단 세상에 알려진 그것만이 아님을 알 길이 없는 그녀에겐 당연한 의문이었다.

＊　　　＊　　　＊

　그로부터 정확히 1분 전.

　'이런 상황도 지력으로 해결할 수 있을까?'

　송하연의 전화를 끊어 버린 김두찬은 이런 고민을 하고 있었다.

　솔직히 상대의 말투가 기분 좋은 쪽은 절대 아니었지만, 그렇다고 상황까지 그렇지는 않았던 것이다. 오히려 아주 재밌는 그림이 나올 것 같은 예감에 가슴이 두근거리고 있었다.

　'이런 경험은 아마 나밖에 못 해봤겠지?'

　작가라면 무엇이든 한 번은 경험하라.

　채소다의 좌우명이자 이제 김두찬의 것이기도 한 그 한 줄의 문장이 그의 마음을 기울게 한 결과였다.

　어제 카페에서는 지력의 힘으로 상황을 빠르게 판단해 채소다와 어느 남자간의 충돌 사고를 무사히 넘겼었다.

　'이왕 사용하는 거 포인트 투자를 조금 더 해보자.'

　현재 김두찬에게는 새벽에 사용하고 남은 간접 포인트 121에서 179가 더 들어와 300이 채워져 있었다.

그것을 전부 지력에 투자했다.

[지력의 랭크가 E로 업그레이드됐습니다. 랭크 업 특전이 주어집니다. 능력 사용 시, 사고의 폭이 전 랭크에 비해 넓어집니다.]

[지력의 랭크가 D로 업그레이드됐습니다. 랭크 업 특전이 주어집니다. 지력의 사용 지속 시간이 2분으로 연장됩니다. 능력 사용 시, 분석 시간이 전 랭크에 비해 월등히 빨라집니다.]

김두찬은 지력의 랭크가 올라가자마자 바로 사용했다.

그러자 머릿속에서 현재 그가 처한 상황의 모든 정보를 수집해 저절로 판단하고 분석했다.

이윽고 눈 한 번 깜빡하기도 전에 현재 상황을 가장 현명하게 타개해 나갈 수 있는 최선의 답이 도출되었다.

김두찬은 그것을 입 밖으로 내놓았다.

"그러니까 제 말은, 제가 글을 연재하는 과정을 촬영하면 어떻겠냐는 거죠."

—아! 연재 과정을요?

송하연이 듣고 보니 상당히 괜찮은 아이템이었다.

미남에 멋진 가창력까지 갖추었지만 연예계 쪽엔 눈길도 주지 않고 작가의 길을 택한 젊은 청년의 도전기!

이미 환상서에서 뜨거운 감자로 떠올랐으니 안 될 것도 없었다.

오히려 흥미로웠다.

재능 있는 인재의 도전 과정을 고스란히 카메라에 담는 것이니까.

하지만 문제는.

―당장이요? 혹시 미리 써놓은 글이라도 있나요?

"아니요. 몽중인을 장편으로 수정할 생각이에요."

―네? 그건 좀 위험한 시도가 아닐까 싶은데요.

원래라면 여기서 돌려 까기가 나왔겠지만 송하연의 목소리는 매우 조심스러웠다. 이미 한 번 겪어서 김두찬의 성격을 제대로 파악한 것이다.

"몽중인이 지금 사이트를 뒤집어놓았다면서요."

―그건 그렇지만 단편에서 강력한 임팩트를 줬던 글을 길게 늘려 버린다는 건 그만큼 루스함도 생길 수밖에 없지 않을까요? 게다가 이미 내용을 다 알고 있는 글을 다시 흥미롭게 읽을 만한 독자가 있을까 싶기도 하고요.

"하지만 독자분들은 모두 몽중인의 확실한 결말을 원하고 있을걸요?"

그건 그랬다.

김두찬의 습작 몽중인은 조금 애매하게 열린 결말로 끝이 난다.

해서 그의 글에 달린 댓글 중에 이 글이 장편소설의 프롤로

그가 아니냐는 질문도 쇄도했던 것이다.

송하연 역시 연락하기 전에 미리 김두찬의 습작을 읽었기에 그런 생각을 했다.

'좋은 아이디어지만, 그러기엔 시간이 너무 촉박해.'

하지만 이미 지력으로 그 부분까지 생각한 김두찬이었다.

"제대로 써볼게요."

―자신… 있어요?

"네. 며칠 촬영하실 거예요?"

방송이 월요일이다.

일요일에 편집할 것을 생각하면 이틀밖에 여유 시간이 없다.

'김두찬의 방송을 마지막 코너로 넣자. 편집을 하면서 동시에 촬영을 진행하고 편집이 끝나기 전까지 계속 영상을 넘긴다고 하면……'

통상 편집은 월요일 오전, 늦으면 방송 한 시간 전에 끝나는 경우도 있다.

물론 이렇게 아슬아슬 외줄 타기 하는 일은 없어야 하지만 이번에는 선택을 해서라도 그런 길을 가야 했다.

그래야 김두찬의 영상을 조금이라도 더 담을 수 있었다.

'금, 토, 일, 월요일 오전까지 찍는다고 해도 나흘.'

뭔가 도전의 과정을 보여주기에는 터무니없이 짧았다.

그에 송하연이 아이디어를 추가했다.

—두찬 씨. 이렇게 하면 어떨까요? 두찬 씨의 코너만 특별 편성해서 2주 방영을 하는 거예요.

"네? 2주나요?"

—네. 꼴랑 사 일 찍고 연재 과정을 촬영하는 건 영양가가 없어요. 물론 이것도 두찬 씨가 허락을 해주셔야 촬영이 가능하겠지만요.

김두찬으로서는 허락하지 않을 이유가 없다.

촬영의 방향이 다른 쪽으로 튄다면 거절했겠지만, 아예 작정하고서 2주 동안 김두찬의 작가 도전기를 만들어준다는데 이보다 좋을 순 없었다.

"저는 좋아요."

—그래요? 알겠어요. 그럼 당장 촬영하러 갈게요. 지금 어디세요?

"아, 지금은 학곤데요."

—어느 학교 재학 중이세요? 우리가 학교 측에 전화해서 촬영 협조 받아놓을게요.

"태평예술대학이요."

—네? 태평예술대학? 혹시… 시나리오극작과?

"네. …왜요?"

—얘기가 쉬워지겠네요. 제가 거기 졸업했거든요. 무려 두찬 씨랑 같은 과. 채수영 교수님 아직 계시죠?

"네? 네, 네."

―당장 연락드려야겠다. 곧 봐요.

송하연이 전화를 끊었다.

김두찬은 갑자기 머릿속이 멍해졌다.

세상 좁다, 좁다 하더니 이런 식으로 이어질 줄은 또 몰랐
다.

"두찬아, 방송국에서 전화 온 거야?"

김두찬의 곁에 서 있던 여학생 한 명이 물었다.

"응… 어?"

대답을 하며 고개를 돌린 김두찬은 깜짝 놀랐다.

전화를 받을 때까지만 해도 주변에 셋밖에 없었는데 지금
은 일곱으로 늘어났다.

그새 강의실에 나온 다른 여학생 셋과 장재덕이 함께 김두
찬의 통화 내용을 듣고 있었던 것이다.

"방송국? 두찬아, 뭔데? 왜 방송국에서… 아! 비현실 친오
빠! 그 동영상 때문에 화제의 인물 뭐 그런 거 됐구나?"

장재덕이 신나서 떠들어댔다.

"응, 그런 것 같아."

"그래서? 촬영하기로 했어?"

"응."

"장난 아니다."

장재덕의 감탄과 함께 김두찬의 눈앞에 시스템 메시지가
나타났다.

[호감도를 24포인트 얻었습니다. 보너스 포인트를 분배해 주세요.]

주변에 있던 친구들의 호감도가 일시에 올라간 것이다.

개중에는 호감도가 낮아졌다가 올라간 사람도 있었다.

"자세히 좀 얘기해 봐. 어디서 촬영 오는 건데?"

장재덕이 아예 김두찬의 앞에 자리를 잡고 앉았다.

다른 학생들은 기대 가득한 시선으로 김두찬을 바라봤다.

"그러니까……."

김두찬은 최대한 담백하게 전화로 주고받았던 얘기들을 친구들에게 들려주었다.

*   *   *

시나리오극작과의 강의실은 열기가 한껏 달아올라 있었다.

김두찬이 방송에 출연할 것이며 오늘 촬영을 하러 직접 학교에 오게 될 수도 있다는 사실이 빠르게 퍼졌기 때문이다.

물론 소문을 퍼뜨린 사람은 장재덕이었다.

김다솔 교수가 강의를 하는 내내 분위기는 산만했다.

남자들은 그 사실을 톡으로 여기저기에 보내기 바빴고, 여자들은 교수 몰래 화장을 고쳤다.

반면 사건의 중심에 있는 김두찬은 계속 예상치도 못한 쪽으로 뻗어 나가는 상황이 당황스럽기도 하고 반갑기도 했다.

어찌 되었든 그의 의도대로만 촬영이 가능해진다면 실이 될 게 전혀 없었다.

톡.

"응?"

김두찬이 혼자 생각에 빠져 있는데 예쁘게 접은 쪽지 하나가 책상 위로 툭 떨어졌다.

펴보니 깨알 같은 글씨로 이런 내용이 적혀 있었다.

무슨 생각 하길래 강의도 안 듣고 싱글벙글해? ―로미

김두찬이 옆을 돌아보니 주로미가 웃는 얼굴로 바라보고 있었다.

"고마워, 로미야. 집중할게."

김두찬은 작은 목소리로 말을 전한 뒤 김다솔 교수에게 시선을 돌렸다.

그에 주로미의 얼굴에 담겨 있던 미소가 살짝 지워졌다.

가는 게 있으면 오는 게 있을 줄 알았는데…….

김두찬은 연애를 글로도 배운 적이 없는 사람이라 썸을 타는 것도 어려웠다.

주로미의 속이 타들어가는 것도 모르고 김두찬은 강의에 집중하려 했다.

그런데 문득 이런 생각이 들었다.

'김 교수님 능력은 뭘까?'

김다솔 교수의 가장 뛰어난 능력이 뭔지, 그게 궁금했다.

김 교수는 태평예술대학에서 시나리오 창작 이론을 가르친다.

그렇다면 그의 가장 뛰어난 능력은 시나리오에 관련된 것일지도 몰랐다.

'그런 능력을 갖게 된다면 시나리오 쪽으로 나가도 좋을 텐데. 한번… 봐?'

김두찬이 정보의 눈을 사용할까 말까 망설였다.

이 능력은 한 번 사용할 거면 처음부터 500을 투자해 상대방의 모든 능력을 오픈하는 것이 이득이다.

그런데 오픈했다가 보게 된 능력이 별거 아니라면 포인트가 아까워진다.

볼까 말까 고민하던 김두찬은 결국 정보의 눈을 사용했다.

그런데.

'어라……?'

그의 눈앞에 뜬 메시지가 이상했다.

[100포인트를 투자하시겠습니까?]

저번과 달리 선택지가 없었다.

'이거 왜 이래? 시스템 오류야?'

─그럴 리가요~ 시스템은 지극히 정상이랍니다.

로나가 바로 대답했다.

하여튼 시스템이 잘못된 거 아니냐는 의문에는 민감하게 반응하는 그녀였다.

'그럼 뭐야? 300포인트, 500포인트는 어디 갔어?'

─투자할 수 없답니다.

'설마 100포인트만 투자해도 모든 정보를 공개해 주는 서비스 같은 건 아닐 테고?'

─당연하죠. 그건 페어하지 않잖아요? 아울러 처음 보는 사

람에게도 500포인트를 투자해 모든 개인 정보를 볼 수 있다면, 그것 역시 페어하지는 않답니다.

'응? 그럼… 300포인트, 500포인트 투자가 활성화되려면 어떠한 조건 같은 게 충족되어야 한다는 거야?'

―딩동댕~! 정답입니다. 100포인트는 누구에게나 투자할 수 있어요. 하지만 300포인트를 투자하려면 상대방의 호감도가 60 이상이어야 하고, 500포인트를 투자하려면 80 이상이어야 한답니다.

'아……'

현재 김다솔 교수의 호감도는 53.

60이 안 되니 선택지가 아예 뜨지 않은 것이다.

―이해하셨나요?

'응.'

인생 역전은 은근히 허술해 보이는데, 어떤 면에서는 빈틈이 없는 게임이었다.

김두찬은 포인트 투자를 관두기로 했다.

이미 해봐서 알지만 100포인트는 투자하나 마나다.

'강의나 집중하자.'

결국 다른 생각은 접어두고 강의에 몰입하는 김두찬이었다.

*   *   *

12시 30분.

오전 강의가 끝나고 공강 시간이었다.

본래 창작 이론은 12시 40분까지였으나 김다솔 교수가 학생들 점심시간을 챙겨주기 위해 조금 일찍 끝냈다.

김두찬은 평소처럼 주로미와 함께 학교 식당으로 가려 했다.

그런데 다른 학생들이 우르르 따라붙었다.

"두찬아, 학식 가지? 같이 가자."

"우리도 오늘은 학식 갈 건데 같이 먹어도 돼지?"

장재덕을 필두로 아침에 함께 떠들었던 여섯 명의 여학생들이 자연스레 합류했다.

김두찬은 갑자기 바뀐 일상이 쉽게 적응되지 않았지만, 최대한 어색함을 드러내지 않으려 애썼다.

"그래. 같이 먹자."

그가 고개를 끄덕이자 여자들의 표정이 밝아졌다.

"난 참치김치덮밥 먹을 거야. 이번 주에 한 번도 안 먹었더니 계속 생각나."

"너 그거 별로 좋아하지도 않잖아. 완전 속 보이네."

"좋아하거든? 티를 안 내서 그렇지."

"에에~ 좋아하면서 티 안 내는 건 그게 아니라 다른 거 같은데?"

"뭐래!"

여학생들이 괜히 티격태격거렸다.

장재덕이 그 모습을 재미있다는 듯 바라보다가 돌발 선언을 했다.

"오늘 학식은 내가 쏜다!"

"와! 재덕이 짱!"

"정말? 고마워 재덕아~ 다음번엔 내가 사줄게."

김두찬 일행이 화기애애하게 강의실을 나섰다.

그 모습을 유독 냉랭하게 바라보는 사람이 있었다.

심진우와 정지훈이었다.

"신났네, 아주."

심진우는 뒤풀이 사건 이후로 김두찬과 눈도 제대로 맞추지 못했다.

때문에 그가 없는 곳에서 그날의 치욕을 떠올리며 이만 갈아댈 뿐이었다.

"재수 없는 새끼."

욕을 내뱉는 심진우의 등을 정지훈이 가볍게 두들겼다.

"그러지 마, 진우야."

심진우가 신경질적으로 정지훈을 쳐다봤다.

그러자 정지훈의 눈에 어려 있던 냉기가 거짓말처럼 사라졌다.

"네가 내 입장 돼봐. 그날 일 다 없던 걸로 하고 넘어갈 수 있는지. 그리고 너 내 친구 아니냐? 이럴 땐 그냥 같이 두찬이 좀 욕해주고 그러면 안 돼?"

"음… 기분 상했으면 미안한데 누가 봐도 그날 두찬이는 잘못한 게 없었잖아?"

정지훈이 답답한 말을 했다.

그러자 마침 정지훈에게 다가오던 유아라에게 불똥이 튀었다.

"아라야. 너도 그렇게 생각해?"

"뭘?"

"그날 뒤풀이 자리에서 두찬이가 잘못한 건 전혀 없다고 생각하냐고."

"…솔직히 그렇지."

"하… 진짜 엿 같네. 씨발."

심진우가 미간을 확 구기고서 거친 걸음으로 강의실을 나섰다.

뒤풀이 사건 이후 심진우는 과에서 거의 외톨이나 다름없는 신세가 됐다.

아직 철이 덜 들었다고밖에는 할 수 없는 짓거리를 벌였으니 당연한 결과였다.

이제는 스스로의 행동에 책임을 져야 하는 나이이며, 준사회인이나 다름없었다.

한데 같은 과 친구들은 물론이고 그 자리에 있던 연기과 학생들까지 그날 심진우의 덜되먹은 행패를 봤다.

그 소문은 다음 날 빠르게 퍼져 나갔고, 이제는 학교에서 심진우를 모르는 사람이 없을 정도였다.

얼굴을 모르거나 이름을 알지 못해도, 문창과의 또라이라는 식으로 악평이 자자했다.

결국 심진우가 비빌 언덕이라고는 늘 붙어 다니던 정지훈과 유아라가 전부였다.

하지만 그들마저도 이런 식으로 나오니 더는 이 공간에 있기가 싫어졌다.

심진우가 나가버린 뒤, 강의실에는 정지훈과 유아라 두 사람만 남게 되었다.

예전에는 정지훈의 곁에 사람들이 많았다.

그런데 그 사건 이후 어쩐 일인지 정지훈의 주변이 외로워졌다.

반면 김두찬의 주변에는 사람들이 많아졌다.

솔직히 유아라도 정지훈을 오랫동안 좋아해 왔던 마음이 없었더라면 이미 김두찬의 주변에서 얼씬거렸을지도 모를 일이다.

"지훈아, 밥 안 먹어?"

유아라가 물었다.

그러자 정지훈이 싸늘한 음성으로 반문했다.

"아라야, 너도 정말 그렇게 생각해?"

"응? 뭘?"

"두찬이가… 그날 잘못한 게 없었다고?"

"어? 응… 너도 그렇게 얘기했잖아."

"그렇구나."

순간 유아라는 가슴이 덜컹 내려앉는 걸 느꼈다.

정지훈의 얼굴에서 여태껏 보지 못했던 날카로움이 나타났다.

"지훈… 아?"

"아라야, 오늘은 밥 따로 먹어야겠다. 나 볼일이 좀 있어서."

정지훈은 그대로 강의실을 나갔다.

홀로 남겨진 유아라는 상황 파악을 할 수가 없어서 멍하니 서 있을 뿐이었다.

학교를 나와 캠퍼스를 거닐던 정지훈은 그늘 밑 벤치에 앉아 생각에 잠겼다.

'일단 심진우는 떨어뜨려 놨고.'

정지훈은 심진우의 이미지가 엉망이 된 이후부터 곁에 두기 싫었다.

자신의 이미지까지 더러워지는 것 같았기 때문이다.

그런데 이번에 스스로 떨어져 나가주었으니 다행이었다.

'아라… 그 골빈 년은 두찬이한테 마음이 조금 간 것 같은데.'

여태까지는 이래저래 이용하기 쉬워서 곁에 두었던 것뿐이다.

심진우도 유아라도 정지훈에게는 자기 손 쓰지 않고 엿 먹이고 싶은 애들 엿 먹이기 좋은 수단이었다.

둘 다 성격은 나쁜데 생각이 없어서 조금만 자극하면 알아서 움직이곤 했다.

이제 정지훈을 위해 움직여 줄 말은 없었다.

'김두찬을… 어떻게 할까.'

사실 정지훈이 김두찬을 그렇게까지 미워할 이유는 없었다.

처음에는 미움보다 무시하는 감정이 더 컸다.

그런데 어느 순간부터 밟으면 꿱 하던 녀석이 꿈틀거렸다.

나중에는 몸을 벌떡 일으켜 대들었다.

'가식 그만 떨어. 다음번엔 코피로 끝나지 않아.'

아직도 뒤풀이 자리에서 김두찬이 했던 그 얘기가 머릿속에서 맴돌았다.

'가뜩이나 이따위 학교를 억지로 다니고 있는 것도 개 같은데.'

태평예술대학은 그가 원해서 들어온 곳이 아니었다.

오로지 아버지의 바람 때문에 오게 되었다.

그래도 지금까지는 본성을 감추며 다녔는데 더 이상은 참기가 힘들었다.

정지훈이 스마트폰을 꺼냈다.

학교 안에서 사용할 말이 사라졌다면 바깥에서 끌어오면 그만이다.

그가 어딘가로 전화를 걸었다.

신호음이 몇 번 울린 뒤 걸쭉한 사내의 음성이 들려왔다.

─지훈이냐?

"네, 형. 잘 지냈어요?"

─오매불망 네 전화만 기다리고 있었지. 뭐 부탁할 거 있나 보네, 우리 동생?

"네."

─얼마든지 말해봐. 대신 맨입으로는 안 되는 거 알지? 아 버지한테 우리 얘기 잘해줘야 한다.

"걱정 마세요."

─걱정 말라고 늘 그러는데, 도움을 줘도 돌아오는 소식이 없어서 그러는 거야. 이제 우리도 변두리 인생 그만하고 싶다.

"계속 형들 얘기 전하고 있어요. 안 그래도 이번에 아버지 밑에 애들 사고 쳐서 꼬리 자르는 바람에 수혈이 필요한 판이 에요."

─응. 나도 뉴스 봤다. 일 처리를 멍청하게 했더라. 우리한 테 맡기면 그럴 일 없을 텐데.

"그러니까 제가 부탁하는 일도 깔끔하게 해결해 줄 수 있 죠?"

―그런 쓸데없는 걱정으로 시간 낭비 말고 말해봐. 뭔데?

"그게……."

*　　　　*　　　　*

김두찬이 식사를 하고 있는 와중, 송하연에게서 전화가 왔다.

"여보세요."

―두찬 씨? 지금 학교 왔는데 어디에 있어요?

"벌써요?"

―네. 촬영 허가도 학교 측에다 받아놨어요. 다음 시간 강교수님이죠? 반반전 교수님.

반반전.

반전의 반전이라는 뜻이다.

강명운 교수는 올해 54살의 노교수다.

근데 나이에 비해 얼굴이 매우 동안이다. 모르고 보면 서른 후반 정도로 짐작을 한다. 하지만 얼굴에서 시선을 조금만 더 위로 들어 올리면 머리가 허전하다.

얼굴 나이에 비해 머리 나이는 노년이다.

그래서 반전의 반전, 반반전이라는 별명이 붙었다.

"맞아요."

―저랑 많이 친했었거든요. 이제 곧 강의 시작할 텐데 그

전에 만나서 얘기 좀 나눠도 될까요? 제가 식당으로 갈게요.

"아, 그 옆에 카페에서 봐요."

학생 식당 옆에는 학교에서 운영하는 작은 카페가 있다.

―그럴까요? 무슨 음료 좋아하세요? 제가 사놓을게요.

"복숭아 아이스티요."

―어머나.

"왜요?"

―저랑 취향이 같네요. 거기서 봐요.

*   *   *

송하연은 김두찬보다 먼저 카페에 도착했다.

그녀는 복숭아 아이스티 두 잔을 시켜놓고 곧 도착할 김두찬을 기다렸다.

그러면서 김두찬과 관련된 영상들을 찾아봤다.

인 백화점 노래자랑과 한강 공원 버스킹 관련 영상들이 인튜브에서만 수십 개가 검색됐다.

하나같이 서로 다른 사람이 올린 것이었다.

각 영상의 조회 수를 합하면 거의 500만에 가까웠다.

송하연이 그중 하나를 재생했다.

한강 공원 버스킹 영상이었다.

밴드의 전주에 김두찬의 음성이 입혀지는 순간 기타가 몇

어버리고 차츰 다른 악기들도 연주를 멈췄다.

그리고 무반주로 김두찬의 음성만이 스피커를 통해 흘러나왔다.

'연출 아니야?'

분명 김두찬의 음성은 심금을 울리는 묘한 매력이 있었지만 밴드가 연주하는 것도 잊고 정신을 놓을 정도는 아니었다.

하지만 송하연이 그의 노래를 직접 듣는다면 생각이 바뀔 것이다.

'뭐… 어쨌든 탤런트가 상당한 건 인정할 수밖에 없어.'

요새는 하도 꽃미남들과 아이돌이 많아서 김두찬의 외모가 대단히 특별하다 할 수는 없었다.

SNS에 업로드된 사진을 봐도 김두찬의 얼굴은 딱 그 정도 수준이었다.

그 이상의 대단한 가능성을 가진, 이른바 외모로만 놓고 봤을 때 라이징 스타급이라 보긴 어려웠다.

이미 생긴 것만으로 사람을 홀려 버리는 연예인들이 종종 있다.

송하연은 이 바닥 생활을 하며 그런 사람들을 제법 봐왔기에 김두찬의 얼굴을 보면서도 그렇게 크게 놀라지는 않았다.

오히려 그녀가 놀란 포인트는 이 정도의 미모와 재능을 가진 청년이 작가로 데뷔한다는 데에 있었다.

물론 그쪽으로서의 재능도 이미 증명했지만, 보통은 모든 재능을 다 가지고 있다면 더 찬란히 빛나는 쪽을 선택하기 마련이었다.

송하연이 그런 생각을 하고 있을 때.

"저… 송 작가님?"

누군가가 다가와 그녀를 불렀다.

"아, 네."

사색에서 빠져나온 송하연이 벌떡 일어섰다.

한데 그녀의 눈앞에 보이는 건 넓은 가슴뿐이었다.

'이렇게 커?'

사진으로는 그렇게 커 보이지 않았는데?

당황한 송하연이 얼른 고개를 들었다.

그리고 김두찬의 얼굴을 확인하는 순간.

"늦어서 죄송해요. 오래 기다렸어요?"

"…아니오."

숨이 턱 하고 막혔다.

'얘 왜 이래? 어떻게… 미쳤어, 진짜.'

송하연의 머릿속에서 의미 없는 단어들이 주르륵 이어졌다.

사진과 영상으로만 접하던 모습과 직접 대면한 김두찬은 완전히 달랐다.

김두찬의 외모는 요즘 우후죽순 등장하는 꽃미남 아이돌과 차원을 달리했다.

라이징 스타?

아니, 그런 수식어로도 설명하기가 부족하다.

'그럼 사진이랑 영상이… 제대로 나온 게 아니었다고?'

영상은 일반인들이 마구잡이로 찍어댄 것이고, 사진은 채소다가 도촬을 한 것이다.

아무리 잘 찍었다 한들 김두찬의 미모가 그대로 담기기 힘들었다.

한데 그 정도만 해도 이미 뭇 여인들의 가슴을 마구 흔들기에 충분했다.

'얘는… 보통이 아니야. 이미 어떤 영역 밖에 있는 사람이야.'

송하연이 김두찬을 보며 정신을 못 차리고 있자니 김두찬이 먼저 그녀에게 물었다.

"앉아도 될까요?"

"아, 네. 앉으세요."

두 사람은 인사를 나눈 지 한참 만에 자리에 앉았다.

"반가워요, 두찬 씨. 실제로 보니까 더 미남이시네요."

송하연은 자꾸만 올라가려는 입꼬리를 억지로 내리누르며 말을 했다.

"아니에요. 그보다 하실 말씀이 뭔지……."

"갑자기 숏부터 들어가면 이상하니까 먼저 사적인 대화도 나눌 겸, 인사도 할 겸 해서요. 촬영팀은 지금 따로 오고 있어요. 마음이 급해서 제가 먼저 도착한 거고요."

"그랬군요."

"일단 가장 중요한 페이 얘기부터 해드릴게요. 우리 프로그램은 한 출연자당 50만 원씩 페이를 드려요. 방송국 페이는 방송이 나간 뒤에 지급 가능하니까 이 점 알아두시고요. 두찬 씨 같은 경우 2주 방송 예정이니 50만 원씩 2차 지급될 거예요."

"생각보다 많이 주네요?"

"다른 프로그램에 비하면 적은 거예요. 그리고 이런 프로그램의 경우 보통 구두계약으로 일을 진행해요. 그런데 계약서를 따로 작성하고 싶으시다면 그렇게 해드릴게요."

"계약서는 제대로 작성하고 싶어요."

"그럴 줄 알았어요."

송하연이 말을 하며 서류 가방에서 계약서를 꺼내 건넸다.

"천천히 읽어보시고 사인해 주시면 돼요."

"네."

송하연은 아까부터 평소의 그녀답지 않게 말을 너무 빨리하고 있었다. 김두찬 앞에서 천하의 송하연이, 방송국장 앞에서도 기가 죽지 않았던 그녀가 긴장하고 있었다.

김두찬의 외모는 사람을 홀릴 만큼 아름다웠다.

'정신 차리자, 송하연.'

그녀는 타는 목을 복숭아 아이스티로 한 번 축인 뒤 다시 입을 열었다.

"그리고 촬영 방향에 대해선데요. 연예계 쪽은 재능이 있다는 것만 보여주고 배제. 작가 쪽으로만 밀고 가겠다는 말씀이죠?"

그 말에 김두찬이 눈을 동그랗게 뜨고 고개를 저었다.

"아니요?"

"네? 전화상으로는 분명 작가의 길을 걷는 쪽에 비중을 더……."

"네. 비중을 더 두겠다고 했죠."

"그렇다는 건……?"

김두찬이 빙긋 미소 지으며 대답했다.

"전부 다 할 건데요."

작가라면 무엇이든 한 번은.

그 말을 제대로 실천할 때가 왔다.

Liking 31

랭크 SSS

공강 시간이 끝나갈 무렵.

정지훈은 인적이 드문 캠퍼스 외곽에서 누군가를 기다렸다.

5분 정도 지났을까.

"여~ 지훈아."

저 멀리서 날카로운 인상의 검은 정장을 입은 사내가 손을 흔들며 다가왔다.

1년 전쯤부터 정지훈의 일 몇 가지를 대신 처리해 준 하석호였다.

올해 서른둘 먹은 그는 용역 일을 뛰는 주먹패였다.

15평 남짓한 오피스텔에서 동생 네 명을 데리고 생활을 하는 중이다.

일이 없을 땐 술과 여자로 시간을 보내다가 일이 들어오면 동생들을 데리고 작업장으로 나간다.

그곳에서 소위 '어르신'이라 불리는 분들이 하달한 대로 깽판을 치는 게 그들의 임무다.

하석호가 벌써 이 생활을 한 지도 10년이 넘어갔다.

하지만 제대로 된 스폰을 잡지도 못하고, 덩치 큰 주먹들 밑으로 들어가지도 못해 붕 떠버린 상황이 됐다.

오갈 곳 없는 그가 1년 전 우연히 연을 맺게 된 것이 정지훈이었다.

그는 정지훈이 누구의 아들인지 알게 된 이후, 남모르게 그의 부탁을 들어줘 왔다.

물론 그 부탁이라는 것은 폭력과 불법이 동반되는 일이었다.

"오랜만이다. 근데 부탁할 거 있음 전화로 그냥 말하면 되지 뭘 여까지 오라 그래? 내가 통화 내용 녹음이라도 할까 봐 쫄려?"

"뻔히 알면서 물어봐요?"

"우리 둘이 이렇게 면상 대는 건 안 위험하고?"

"여기 CCTV 없어요."

"그래, 말해봐."

하석호가 담배 한 개비를 꺼내 입에 물었다.

정지훈은 말을 하는 대신 손을 내밀었다.

"너도 한 개비 달라고?"

"장난하지 말고요."

"거 새끼 진짜."

하석호가 주머니에 있던 스마트폰을 건넸다.

"녹음 안 한다니까. 사람을 뭘로 보고……."

"제가 뒤지기 전에 다 꺼내놔요."

"없어, 인마."

"뒤져요?"

"참 거… 역시 정철용 형님 아들이네. 눈치 하나는."

하석호가 씩 웃더니 반대쪽 주머니에서 녹음기를 꺼냈다.

정지훈이 그것을 넘겨받아 녹음 파일을 전부 삭제하고 전원을 껐다.

"아버지한테는 내가 얘기 잘 해준다고 했죠? 내 부탁 들어준 거 빌미로 아버지 밑으로 들어와 봤자 얼마 안 가 팽 당해요. 자기 아들 모가지 물고 들어온 짐승 곱게 보이겠어요?"

"알았다. 알았어. 그래도 그렇지 너보다 한참 형님한테 짐승이 뭐냐, 짐승이."

"이거, 얘기 끝날 때까지 내가 들고 있을게요."

"쩝."

하석호가 입맛을 다셨다.

정지훈은 비로소 본론을 꺼냈다.

"만져줄 놈이 있어요."

"한 놈?"

"네."

"어떻게, 새끼손가락 한마디만큼만 담가줄까? 저번에 그 새끼처럼? 나 알지? 흔적도 남기지 않는다."

"그렇게까지는 안 해도 돼요. 어디 한 군데 부러뜨려 놔요. 수치스러운 사진도 찍어오고요."

"으이~ 그런 쪽에 취미 없는데, 또 남자 거시기 구경하게 생겼네."

"사진은 나한테 파일로 보내지 말고 직접 인화해서 가져와요."

"너한테 요만큼도 똥물 안 튀게 할 테니까 걱정 말아."

하석호는 나쁜 일이라면 도가 튼 인간이다.

개인적으로 아는 야매 사진쟁이들에게 돈을 두둑이 먹여 뒤탈 안 나도록 구린 사진들을 인화하는 건 일도 아니다.

물론 그렇다고 해도 누군가에게 자상을 입히는 건 쉽지 않다.

그런 일은 대부분 자신이 나서지 않고 동생들을 시킨다.

그런데 이번에는 골절로 끝내라고 하니 스스로 처리해도 될 듯했다.

"그리고 내가 아무리 네 부탁을 그냥 들어준다 해도 진행비는 따로 줘야 하는 거 알지?"

"한 장 드릴게요."

"됐어. 오십이면 충분해. 형님한테 얘기나 잘 해줘. 어떤 놈 조지면 돼?"

"김두찬. 저랑 같은 과 학생이에요."

"김두찬? 이름이 참 정겹네."

정지훈은 자신의 스마트폰을 열어 김두찬의 SNS에 접속했다.

그리고 최근에 업로드된 사진들을 하석호에게 보여줬다.

"얘에요."

"어이구, 잘생겼네. 연예인 해도 되겠다. 지훈이 너보다 나은 것 같은데?"

그 말에 정지훈의 미간이 무섭게 구겨졌다.

"그런 좆같은 개소리 하지 말고요."

"어허허허, 무서워라. 대충 알겠다. 네가 왜 이놈한테 열받았는지. 하여튼 자존심… 역시 그 아버지에 그 아들이네."

"됐고. 이름이랑 얼굴 알려줬으니 나머지는 알아서 할 수 있죠?"

"그럼, 그럼."

"다시 한번 경고하는데 이 일, 절대로 아버지 귀에 들어가면 안 돼요."

"안다. 형님 이제 손에서 피비린내 전부 없애고 싶어 하는 거. 한창 사업도 잘되는 판에 잡음 끼면 쓰겠냐. 그리고 그 사업이 잘돼야 내가 네 덕 봐서 한자리 꿰차도 마음 편히 들어앉지. 이제는 불안한 근로 환경에서 일 못 하겠다."

"형님 소리도 그만해요."

"아차, 이제 천일물산 정 사장님이지?"

정지훈이 하석호의 스마트폰과 녹음기를 돌려줬다.

"그런가 봐요. 학교 안에서는 일 저지르지 말고요."

"백주 대낮에 보는 눈이 이리 많은 데서는 공연 뛰라고 해도 안 해. 이번에 나 들어가면 몇 바퀴 돌 각오해야 하는데, 미쳤다고. 알아서 처리할 테니까 이제 네 일 봐."

"갈게요."

정지훈이 주변을 살피고서는 인사도 없이 떠나갔다.

그런 정지훈의 뒷모습을 지켜보던 하석호가 실실 웃었다.

"하여튼 새끼가 못된 것만 배워 가지고. 근데……."

하석호가 양말 속으로 손을 집어넣었다가 뺐다.

그러자 소형 녹음기 하나가 딸려 나왔다.

"이것까지는 몰랐을 거다. 내가 널 어찌 믿고 보험도 없이 일을 저지르냐. 똑똑한 척해도 아직 물러."

하석호는 시시덕대며 천천히 캠퍼스를 빠져나갔다.

* * *

"야. 뭐 찍어?"

교문 안으로 들어서며 캠퍼스 곳곳을 찍어대는 카메라 감독 황성주의 귀에 짜증이 가득한 음성이 날아들어 왔다.

진주 찾기의 총책임자 주정군 피디였다.

"여기저기 따서 넣을 만한 그림 있을 것 같아서요."

"찍으라는 것만 찍어, 좀. 괜히 힘 빼지 말고."

"알았어요."

두 사람은 같은 대학 선후배 출신으로 막역한 사이였다.

전까지는 서로 다른 부서에 있다가 이번에 함께 일하게 됐다.

"아무튼 이번에 송 작가가 제대로 된 거 물어왔으니까 예술로 찍어봐."

"시사 교양 앵글에 무슨 예술이 있어요. 그런 거 쫙 빼고 사람 냄새 나게 찍어야지."

"그게 시사 교양의 예술이라는 거야, 사람 냄새 나는 거. 하여튼 이 자식은 기본이 안 돼 있어."

두 사람은 티격태격하며 김두찬과 송하연이 기다리는 카페로 향했다.

*　　　　*　　　　*

김두찬은 카페에서 주정군 피디와 황성주 카메라 감독, 송하연 작가와 함께 촬영 방향에 대해서 얘기를 나누었다.

주정군 피디는 다른 것보다 평소처럼 자연스럽게 행동해 줄 것을 강조했다.

짧은 대화가 끝나고 오후 강의가 시작되기 전에 강의실로 자리를 옮겼다.

갑작스레 방송국 관계자들이 들어오자 학생들이 술렁댔다.

반면, 반반전 강명운 교수는 몇 번 카메라 앞에 서본 경험이 있어 자연스럽게 강의를 진행했다.

처음에는 신기해하던 학생들도 조금 시간이 흐르자 자연스레 카메라를 의식하지 않았다.

한편 김두찬을 촬영하던 황성주 감독은 연신 감탄을 금치 못하는 중이었다.

그건 주정군 피디 역시 마찬가지였다.

'저게 어떻게 시사 교양 프로그램에나 나올 얼굴이야? 영화, 드라마, 음악 방송 쪽으로 가야지. 방송 타면 여기저기서 러브콜 엄청 쇄도하겠네.'

그것은 짐작이 아닌 확신이었다.

본인이 연예계에 관심이 없다 하더라도 저런 마스크를 세상은 가만히 두질 않는다.

김두찬은 가히 제2의 원빈, 정우성, 장동건이었다.

아니, 조금만 더 무르익으면 그들을 훨씬 뛰어넘을 게 분명했다.

스타란 본래 카메라 마사지를 받으면서 미모가 더 빛을 발하고 완벽해지는 법이다.

아직 카메라 마사지를 받기도 전인데 저 정도라면 그 한계가 어느 정도일지 짐작도 되지 않았다.

황성주 감독은 김두찬의 모습을 풀 샷으로 잡고, 타이트하게 잡기도 했다.

그렇게 몇 컷을 딴 다음 강의실에서의 촬영은 종료했다.

정적인 장면이기 때문에 굳이 메모리 낭비할 필요가 없었다.

김두찬은 사전에 부탁받았던 대로 카메라를 되도록 의식하지 않으려 했다.

아니, 사실 카메라보다 더 신경 쓰이는 게 하나 있었기에 의식할 수가 없었다.

'쟤가… 왜 저러지?'

김두찬의 왼쪽 대각선으로 한 칸 건너 앉아 있는 여학생, 천송이의 머리 위에 뜬 호감도가 아침부터 빠르게 올라가고 있었다.

그녀는 하루 종일 김두찬의 주변을 떠날 줄을 몰랐다.

오늘 처음 강의실에 들어왔을 때 김두찬을 둘러싸고 이야기꽃을 피웠던 멤버 중 한 명이기도 했다.

학식을 먹으러 갈 때도 따라왔다.

그리고 지금은 김두찬에게서 멀지 않은 곳에 자리를 잡았다.

'93.'

아침에는 71이었던 호감도가 93에 다다랐다.

지금도 간헐적으로 호감도가 오르는 중이었다.

'이거 혹시… 금사빠?'

김두찬은 일전에 지하철을 탔을 때 자신을 보고서 호감도가 20이나 올랐던 여인을 떠올렸다.

금방 사랑에 빠지는 성향을 지닌 사람들은 호감도가 다른 사람보다 월등히 많이, 그리고 빨리 오른다고 로나는 말했었다.

─정답이랍니다.

김두찬의 생각을 읽은 로나가 대답했다.

'역시 그랬구나. 잠깐… 그렇다는 건 천송이가 지금 나를……?'

─좋아하고 있는 거죠. 호감도가 오르는 속도로 봐서 곧 100 찍고 고백할 것 같은데요.

'고백이라고?'

태어나서 한 번도 받아본 적이 없는 커뮤니케이션이었다.

물론 백화점에서 낯선 여자가 번호를 물어봤던 적은 있지만 그건 고백과는 다른 종류의 것이다.

김두찬은 갑자기 자신이 어떻게 행동해야 하는지 알 수가 없어졌다.

'고백을 받으면 어떻게 해야 하지?'

―어떻게 하긴요? 마음에 들면 사귀고, 아니면 거절해야지요. 마음에도 없는데 거절하기 미안해서 덥석 사귀는 그런 모옷된 짓은 하면 안 된답니다.

김두찬이 고개를 절레절레 저었다.

'절대! 그럴 일은 없어.'

―거절하겠다는 말씀이시네요.

'하아… 이거 정말 난감하구나.'

김두찬은 그동안 여자들에게 인기가 많은 남자들을 무조건 부러워했었다.

자신은 고백 같은 걸 한 번도 받아보지 못했으니 그들은 항상 천국을 거니는 기분이라 막연히 믿어왔다.

그런데 막상 고백 받는 상황에 처할 것 같다고 생각하니 그런 것도 아니다.

고백해 오는 여자들의 마음을 거절해야 하는 것도 보통 일이 아닌 듯했다.

'으음, 아직 고백을 받은 것도 아닌데 이런 고민할 필요 없잖아. 게다가 인생 역전은 99에서 100까지 도달하는 구간이 제일 어렵기도 하고. 그러니까 천송이가 어떻게 나올지는 아직 모르는 거야. 로나의 말이 항상 맞다고는 할 수 없지.'

김두찬이 자기 좋은 쪽으로 생각을 끌고 나갈 때였다.

갑자기 상쾌하고 따스한 기운이 몸 안으로 스며드는 게 느껴지더니 시스템 메시지가 떴다.

[상대방의 가장 뛰어난 능력을 익혔습니다. 보너스 스탯이 추가되었습니다.]

'뭐?'

김두찬의 시선이 천송이에게 향했다.

그녀가 몰래 김두찬을 훔쳐보다가 놀라서 얼른 앞을 쳐다봤다.

천송이의 머리 위에 뜬 호감도는 100이었다.

―제 말이 언제 틀린 적 있나요?

로나가 으스댔다.

김두찬이 상태창을 열어 새로 얻은 능력을 확인했다.

그러고는 어처구니가 없는 얼굴로 뇌까렸다.

'이것도… 능력이라고?'

김두찬이 눈을 끔뻑끔뻑거리면서 다시 한번 상태창을 살폈다.

'실수: 0/100(F).'

천송이에게서 얻은 능력은 실수였다.

생각해 보니 그녀는 별명이 천허당일 정도로 실수가 잦았다.

무얼 하든 꼭 실수를 저질러서 이름 대신 별명으로 더 자주 불릴 정도였다.

'이런.'

천송이의 금사빠 성향 덕분에 호감도가 마구 올라 노력 없이 새로운 능력을 익힌 건 좋았다.

그런데 대체 이 능력을 어디다 써먹나 싶었다.

'으음… 아무리 생각해도 쓸데가 없어.'

김두찬은 더 고민하지 않고 능력을 파기해 핵으로 치환했다.

'그나저나 진짜 고백해 오면 어쩌지?'

로나의 첫 번째 예언이 들어맞았으니 두 번째 예언도 말한 그대로 이루어질 것 같았다.

결국 싱숭생숭한 마음 때문에 강의에 집중 못 한 채 시간을 흘려보낸 김두찬이었다.

*   *   *

다행스럽게도 로나의 두 번째 예언은 빗나갔다.

강의가 끝나고 김두찬이 캠퍼스를 벗어날 때까지 천송이는 고백을 하지 않았다.

뭔가 그럴 것 같은 분위기가 언뜻언뜻 보이긴 했다.

하지만 천송이는 끝끝내 기회를 잡지 못했다.

첫 번째 이유는 김두찬을 계속 촬영하는 카메라 때문이었고 두 번째 이유는 김두찬의 곁에서 떨어지지 않는 주로미 때문이었다.

그녀는 천송이의 수상한 낌새를 눈치채고 계속 김두찬과 가까운 거리를 유지했다.

학교를 나서 지하철역으로 향하는 지금도 마찬가지였다.

평소보다 더 수다스럽게 말을 하며 하교하는 절친 코스프레를 열심히 하는 중이었다.

'내가 왜 이러는 거야. 유치하게.'

스스로의 행동을 질책하는 그녀였지만, 그렇다고 다른 여자가 김두찬에게 일정 선 이상으로 다가오는 건 싫었다.

그것은 명백한 질투였다.

주로미는 어느덧 김두찬을 향한 마음이 그만큼이나 커져 있었다.

전까지는 몰랐는데, 오늘 스스로도 확실하게 알았다.

"그럼 가볼게."

지하철역에 도착한 김두찬이 작별을 고했다.

"응. 잘 가, 두찬아~"

마음 같아서는 조금 더 같이 있자고 하거나 차라리 따라가고 싶었다.

카메라만 없었다면 용기를 내봤을지도 모른다.

하지만 그럴 수가 없었다.

역에서 지하철을 기다리는 동안 잠시 촬영을 중단한 주정군 피디가 김두찬에게 말했다.

"근데 그림이 너무 심심한데… 오늘은 집에 들어가는 걸로 하루 마무리죠?"

"네. 따라오셔도 굳이 찍을 만한 영상은 없을 거예요. 몽중인을 장편으로 각색해서 연재하려면 들어가자마자 계속 타자만 두드려야 할 것 같거든요."

"으음… 뭔가 조금 역동적인게 필요한데."

주정군 피디의 얼굴에 수심이 어렸다.

그러자 송하연이 끼어들었다.

"그렇게 걱정 안 해도 돼요. 내일 과 엠티 간대요. 동행 촬영 허가 받았어요."

"과 엠티?"

"맞죠?"

송하연이 김두찬을 보며 물었다.

"어떻게 아셨어요?"

"아까 채 교수님이랑 전화 통화 하면서 스케줄 받아놨거든요. 근데 이런 건 피디님도 미리미리 신경 써서 체크해 주시면 더 좋을 텐데."

"나 바빴잖아."

"저는 사흘 넘게 씻지도 못했는데요? 머리 떡 진 거 봐요."

송하연이 머리카락을 주정군 피디 코에 갖다 댔다.

"어후, 치워. 치워."

"그래서 말인데 두찬 씨. 내일 과 엠티에서 장기자랑이나 벌칙 걸리는 바람에 노래 하나 부르는 콘셉트 어때요?"

"노래요?"

"마냥 글 쓰고 반응이 어떤지 살피는 것만 찍어 보낼 수는 없으니까요. 그런 그림도 하나 있어주면 더 좋을 것 같은데."

그 정도는 김두찬도 수긍할 수 있는 부분이었다.

게다가 노래하는 장면이 방송을 타면 간접 포인트가 많이 오르니 김두찬의 입장에서도 더 좋았다.

"그렇게 할게요."

"나이스!"

주정군 피디가 손가락을 딱 튕겼다.

[호감도를 19포인트 얻었습니다. 보너스 포인트를 분배해 주세요.]

세 사람의 포인트가 일시에 상승했다.

'흠… 그리고 보니 이분들 호감도도 제법 빠르게 오르네.'

송하연, 주정군 피디, 황성주 카메라 감독의 호감도는 차례대로 34, 30, 42였다.

아무래도 같이 부대끼며 일을 하다 보니 유대감이 생겨 호감도도 빠르게 올랐다.

"자, 그럼 여기서 결정하자. 두찬 씨 집 들어가는 거까지 딸까? 아니면 컷 하고 들어가서 회의해?"

주정군 피디가 송하연에게 의견을 구했다.

"다큐도 아닌데 굳이? 모레 엠티에서 돌아올 때 따는 게 더 나을 것 같아요. 오늘은 나올 것도 없어."

"오케이. 머리 모으고 회의하는 걸로. 그 전에 송 작가는 머리 좀 빨아라."

"네네."

그때 마침 지하철이 들어왔다.

"그럼 전 이만 가볼게요."

"잘 들어가고 내일… 어디서 보죠?"

주정군 피디가 말을 하다 말고 얼빠진 얼굴로 물었다.

"내가 알아요. 들어가요, 두찬 씨."

송하연이 상황을 정리했다.

김두찬은 인사를 건네고서 지하철에 올랐다.

＊　　　＊　　　＊

김두찬을 실은 버스가 도농역에 정차했다.

버스에서 내린 김두찬이 집까지 걸어가며 생각에 잠겼다.

'일단 들어가자마자 몽중인을 각색해야지. 오늘 밤부터 정식 연재를 시작하고… 내일은 과 엠티가 있으니까 내일 연재

분은 자정 넘어서 한 편 올려야겠다. 모레는 엠티 끝나고 와서 한 편 더 올리면 될테고.'

우선은 오늘 밤 동안 3회 분량을 뽑아야 한다.

'이게 될까?'

단편을 더 완성도 있게 바꾸는 건 가능했는데 장편으로 각색하고 3회 분량을 쓰는 것도 가능할지는 아직 알 수 없었다.

그래도 일단은 해봐야 한다.

반응이 좋든 나쁘든 진주 찾기는 김두찬의 '도전 과정' 자체를 담는 게 목적이다.

김두찬은 동네 골목으로 들어섰다.

오늘은 골목이 조용했다.

학교가 끝나고 뛰노는 아이들도 없었다.

그런데 다른 날과 달리 어째 기운이 조금 서늘했다.

날이 추운 것도 아닌데 살짝 오한까지 들었다.

'왜 이러지?'

김두찬이 양팔을 쓰다듬으며 구부러진 골목길을 도는 그때였다.

슈욱!

누군가의 손에 들린 돌멩이가 김두찬의 머리를 노리며 날아들었다.

완전한 무방비 상태에서 날아든 기습이었다.

보통 사람이었다면 그대로 얻어맞고 바닥을 뒹굴었을 것이다.

하지만 김두찬은 보통 사람이 아니다.

이미 오한을 느꼈던 시점에서부터 그의 육신은 위기를 감지하고 있었다.

랭크를 올리며 여러 면에서 발달한 육체는 육감까지 일반인 이상의 수준으로 만들어주었다.

그것이 김두찬에게 위기를 경고했다.

초월 시각과 고양이 몸놀림의 컬래버레이션이 벌어졌다.

눈이 돌멩이를 포착하는 즉시 몸이 반응했다.

슥.

김두찬은 앞으로 가다 멈춰 한 발을 뒤로 뺐다.

발을 따라 몸도 뒤로 끌려갔다.

휘잉!

목표물을 놓친 돌멩이가 애꿎은 허공을 갈랐다.

'이건 죽으라고 내려친 거 아니야?'

위협만 주려 했다 하기엔 힘이 너무 실려 있었다.

김두찬이 다급히 박투에 직접 포인트 700을 투자했다.

고양이 몸놀림이 있었지만 돌멩이를 들고 덤벼드는 인간을 그것만 믿고 상대할 순 없었다.

후회는 아무리 빨라도 늦는다.

[박투의 랭크가 E로 업그레이드됐습니다. 랭크 업 특전이 주어집니다. 육신의 힘이 2배 강해집니다. 다양한 주먹질이 가능해집니다.]

[박투의 랭크가 D로 업그레이드됐습니다. 랭크 업 특전이 주어집니다. 육신의 민첩성이 2배 강해집니다. 다양한 발차기가 가능해집니다.]

[박투의 랭크가 C로 업그레이드됐습니다. 랭크 업 특전이 주어집니다. 적의를 느끼면 몸이 먼저 반응합니다.]

랭크가 세 단계 오르며 특전이 주어졌다.

'됐어!'

그때 모퉁이에서 확 튀어나온 누군가가 다시 한번 돌멩이를 휘둘렀다.

아무렇게 휘두르는 것 같았는데 아니었다.

돌멩이는 정확히 관자놀이를 노리며 날아들었다.

김두찬이 이번에는, 빠르게 안으로 파고들며 주먹 쥔 손등으로 돌을 든 팔의 오금을 쳤다.

팍!

"윽!"

사내의 입에서 신음성이 터지는 순간 김두찬이 상체를 숙이며 오른 주먹을 쭉 뻗었다.

그것은 바람을 가르며 상대의 명치를 가격했다.

뻑!

"악!"

김두찬을 공격하려다 되레 얻어맞은 사내, 하석호는 숨이
턱 막혔다.

'뭐야, 이 새끼……!'

나름 이 바닥에서 굴러먹으며 산전수전 다 겪었다 자부하
는 그였다.

그런데 방금 일격은 주먹 세계에서도 쉽게 접하기 힘든 파
괴력을 담고 있었다.

게다가 정확히 명치를 노리고 꽂았다.

'일반인이 아니야!'

분명 무술을 배운 사람이거나 꾼이다!

그렇게 생각하는 찰나!

빡!

김두찬의 몸이 크게 회전하면서 오른발이 하석호의 턱을
후렸다.

"껴……!"

하석호는 턱이 깨지는 충격과 함께 그대로 자리에 쓰러졌
다.

털썩.

턱에서 시작된 충격이 뇌를 흔들었다.

그는 정신을 차리려고 애썼으나 쉽지 않았다.

의식이 자꾸만 까마득해져 갔다.

눈동자에는 초점이 잡히지 않았다.

"당신 뭡니까!"

김두찬이 버럭 소리쳤다.

평소 같았다면 업그레이드된 능력에 감탄했겠지만 지금은 그럴 여유가 없었다.

비록 하석호를 완벽히 제압하긴 했으나, 그는 명백히 자신에게 적의를 가지고 해하려 했다.

그것도 자신의 집 앞 골목에서 매복해 있다가.

태어나서 이런 경우는 처음 접해보는지라 가슴이 미친 듯이 뛰었다.

"으으……."

하석호가 대답하지 못한 채 벌어진 입으로 침을 줄줄 흘렸다.

정신이 나가 있었다.

김두찬이 그런 하석호의 멱을 잡고 뺨을 후려쳤다.

짝! 짝!

"끄으으……."

"당신 누구냐니까!"

거듭된 충격과 고함에 정신이 살짝 돌아온 하석호가 김두찬을 바라봤다.

"으… 내가, 끄으! 묻고 싶다… 씨발. 너… 뭐 하는 놈이냐."

처음에는 김두찬이 무술을 배웠다고 생각했는데 아니었다.

김두찬의 움직임은 훈련된 경주마보다는 야생마 같았다. 상대방을 완벽히 제압할 수 있는 곳만 노려서 망설임 없이 가격했다.

그리고 무엇보다 맹수 같은 느낌이 강하게 다가왔다.

하석호의 본능이 그걸 감지했다.

"대답해. 당신 누구야."

"물어보면 내가 대답을 하겠냐. 웃긴 새끼네, 이거."

"……."

김두찬은 난감했다.

이런 상황에서 어떻게 해야 하는지 알 수 없었다.

그냥 경찰에 바로 신고를 하는 게 답인가?

아니면…….

김두찬이 주먹을 말아 쥔 그때였다.

─그것도 정답은 아닌 것 같은데요.

로나가 말을 걸어왔다.

'딱히 다른 방법이 없잖아. 왜 이런 짓을 한 건지 대답 안 할 것 같은데. 그렇다고 말할 때까지 기다릴 수도 없는 노릇이고. 날 작정하고 노렸던 인간인데 그냥 경찰에 넘겼다가 계속 입 꼭 다물어 버리면?'

김두찬은 이 인간이 대체 자신을 왜 해하려 했는지 알 수 없었다. 자신이 모르는 개인적인 원한이 있는 건가? 아니면 혹시 배후가 따로 있는 게 아닐까?

무엇이 됐든 답을 알아야 했다.

게다가 자신을 해코지하려 들었는데, 가족에게까지 손을 뻗치지 말란 법이 없잖은가?

별의별 생각과 걱정이 다 드는 김두찬이었다.

그래서 더더욱 하석호를 그대로 경찰에 넘길 수가 없었다.

─좋은 걸 알려 드릴게요.

'뭔데?'

─지금 핵이 두 개 있죠?

'응.'

─그걸 매혹에 사용해 보시겠어요?

'두 개 다?'

─네.

그렇다는 말은 S랭크 위에 두 단계가 더 존재한다는 것이다.

'핵 두 개라……'

김두찬은 핵이 아깝다는 생각이 들었지만 로나의 말을 따르기로 했다.

로나는 김두찬에게 도움 되는 방향으로만 길잡이를 해준다.

그걸 무시해서는 안 된다.

'핵 두 개를 매혹에 투자하겠어.'

김두찬이 의지를 일으키자 핵이 사라지며 매혹의 랭크가 일시적으로 두 단계 업그레이드됐다.

[매혹의 랭크가 SS로 업그레이드됐습니다. 랭크 업 특전이 주어집니다. 모든 사람들의 호감도 감소율이 낮아지고 증가율이 높아집니다.]

[매혹의 랭크가 SSS로 업그레이드됐습니다. 랭크 업 특전이 주어집니다. 한 달에 한 번, 한 사람에게 최면술을 사용할 수 있게 됩니다. 최면의 대상은 무조건 최면에 걸립니다.]

'최면술이라니.'

매혹 랭크 SSS의 특전을 본 김두찬이 눈을 홉떴다.

최면술 같은 건 상상도 못했던 능력이었다.

게다가 최면의 대상은 무조건 최면에 걸린다고 한다.

이건 정말 사기 중의 사기였다.

—이제 어떻게 할지는 두찬 님에게 맡길게요. 핵의 발동 제한 시간은 1분이라는 거 알고 계시죠? 지금은 2개를 사용했으니 2분이겠네요. 시간이 없답니다.

'알았어, 로나. 이제부터는 내가 알아서 할게. 고마워.'

김두찬이 하석호의 눈을 바라보며 그에게 최면술을 걸고 싶다는 의지를 일으켰다.

그러자 하석호의 눈이 흐리멍덩해졌다.

마치 혼이 나간 사람 같았다.

김두찬이 그런 하석호에게 물었다.

"당신 누구야."

"…하석호."

하석호는 무미건조한 음성으로 대답했다.

"왜 나를 해코지한 건지 말해."

"…의뢰를 받았다."

"누구한테?"

"…정지훈."

순간 김두찬은 해머로 뒤통수를 얻어맞는 듯한 충격을 받았다.

정지훈? 지금 정지훈이라고 했어? 그 새끼가 폭력배를 고용해서 폭력을 사주한 거라고?

김두찬의 두 뺨이 분로로 파르르 떨렸다.

대체 왜 이렇게까지 하는 건지 도저히 이해할 수가 없었다.

'아니, 이제 이해하지 않는다. 눈에는 눈, 이에는 이.'

정지훈은 넘지 말아야 할 선을 넘었다.

그리고 건드리지 말아야 할 사람을 건드렸다.

그는 하석호에게 명령했다.

"지금부터 내가 하는 말 잘 듣고 그대로 행동해. 알았어?"

하석호가 고개를 끄덕였다.

"내일 오전 9시까지……."

하석호에게 명령을 하달하는 김두찬의 눈에 처음으로 지독한 독기와 서늘한 냉기가 어렸다.

그는 정지훈의 인생을 송두리째 뒤집어놓으려 하고 있었다.

Liking 32
제페토의 최후

김승진과 심현미가 식당 일을 마치고 돌아왔다.

오늘은 식당을 재오픈한 지 이틀째 되는 날이었다.

재오픈 첫째 날은 오픈발이라는 것이 있어 손님들이 우르르 몰렸다.

두 부부의 지인들도 소식을 듣고 달려와 매상을 올려주었다.

새로운 메뉴에 대한 지인들의 전체적인 평가는 호평 일색이었다.

물론 예의상 하는 말일 수도 있었다.

하지만 김승진이 서빙을 하는 중간중간 들려오는 감탄사나

자기들끼리 나누는 말들을 들어보면 대부분 맛있다는 얘기였다.

'이건 가능성이 보인다!'

너무 일찍 샴페인을 터뜨리는 것일 수도 있었다.

그런데 김승진은 이상하게 성공할 거라는 확신이 들었다.

첫째 날은 정해진 마감 시간보다 두 시간이 더 지난 열두 시에 겨우 문을 닫을 수 있었다.

벌어들인 일수입은 여태껏 식당을 운영하던 기간을 통틀어서 가장 많았다.

아니, 비교 자체가 안 될 정도였다.

그리고 오늘.

둘째 날도 오픈발의 영향으로 손님들의 왕래가 많았다.

그런데 첫째 날 방문했던 손님들의 재방문도 상당했다.

은근히 사람 얼굴을 잘 기억하는 김승진은 익숙한 얼굴들이 테이블에 보일 때마다 입이 귀에 걸렸다.

오늘은 10시가 될 무렵 마감을 치고 가게 정리를 마쳤다.

서둘러 귀가하니 11시가 넘은 시간이었다.

집 안은 오늘따라 유난히 조용했다.

"얘들아~ 자니?"

심현미의 부름에 김두리의 방문이 열렸다.

김두리가 우다다 달려 나와서는 호들갑을 떨었다.

"엄마! 아빠! 오빠가 이상해!"

"응? 이상하다니?"

"아니, 오늘 집에 오자마자 씻고 방에 들어가더니 그다음부터는 노크하고 불러도 대답이 없어."

"그래?"

"우리 장남이 안에서 뭘 하고 있나? 두찬아~"

김승진이 김두찬을 부르며 방문에 노크를 했다.

하지만 여전히 아무런 대답도 들려오지 않았다.

"두찬아, 아빠 왔다. 문 좀 열어봐라."

"두찬아~ 엄마 왔어요."

심현미가 합세해서 김두찬을 불렀으나 묵묵부답이었다.

"근데 이 녀석이 뭘 하는 거야, 그래?"

두 사람은 방문에 귀를 가까이 가져갔다.

그러자 안에서 미세하게 무슨 소리가 들려왔다.

탁탁탁탁탁탁.

"음? 뭔가 탁탁탁거리는데 이게 뭐야?"

김승진이 고개를 갸웃거렸다.

그러자 김두리의 얼굴이 빨갛게 달아올랐다.

'설마 저 인간이!'

하지만 바로 이어지는 심현미의 말에 오해가 풀렸다.

"키보드 두들기고 있는 것 같은데요?"

"아, 그 소리인가?"

"이어폰으로 음악 들으면서 과제라도 하는 모양이죠. 방해하지 말아요."

"그런 거라면 뭐야지. 집중력 흩트릴 뻔했네. 고생해라, 우리 장남."

김승진이 문에 대고 소곤소곤 말했다.

상황이 일단락되자 심현미가 김두리를 보며 한마디 했다.

"근데 너는 내일 학교 갈 애가 이 시간까지 안 자고 뭐 하… 두리야."

"응?"

"얼굴이 왜 빨개?"

"아, 아무것도 아니야!"

김두리가 우다다다 자기 방으로 달려들어 가 문을 쾅 닫았다.

그녀는 문에 등을 기대고서 마구 도리질하며 속으로 절규했다.

'힝, 난 썩었나 봐.'

*　　　*　　　*

김두찬은 집에 들어오자마자 스토리텔링에 직접 포인트 800을 투자했다.

[스토리텔링의 랭크가 B로 업그레이드됐습니다. 랭크 업 특전

이 주어집니다. 이야기의 구성이 풍부해집니다. 장편소설의 집필에 능해집니다.]

'시작하자.'

그가 딱 원하던 특전이 들어왔다.

'일단 오늘 자정 전까지 한 편을 올려야 돼.'

현재 시간 6시 3분.

남은 시간이 많지 않았다.

빠르게 한 편을 적어서 올리는 건 어렵지 않다.

그러나 김두찬이 지금 올려야 하는 글은 긴 장편 중 시작을 알리는 첫 화다.

몽중인이라는 원작이 있다고는 하지만 그것을 장편으로 각색하는 일은 제법 시간이 걸린다.

오늘 중에 완벽한 각색은 무리라 하더라도 전체적인 플롯과 시놉시스를 잡고 3화분 연재 글 정도는 써두어야 한다.

그래야 완벽한 1화를 업로드하는 게 가능해진다.

만약 1화만 써놓고 2화, 3화를 나중에 집필하게 된다면 경우에 따라 1화를 수정하게 될지도 모른다.

이렇게 전체적으로 써놓고 봐야 그런 오류가 없다.

딸깍.

김두찬은 누구에게도 방해받지 않기 위해 문을 잠가놓고 이어폰을 꽂은 채 각색에 몰입했다.

탁탁탁! 탁탁탁!

　　　　　＊　　　＊　　　＊

자정이 다 되어가는 시간.

김두찬은 정신없이 키보드를 두들기다가 겨우 손을 멈췄다.

"후우."

다행스럽게 전체 플롯을 무사히 짜놓은 뒤 목표했던 3화를 완성할 수 있었다.

그는 기존의 게시판 이름을 김두찬 단편선에서 몽중인으로 수정했다. 그리고 올려놓았던 단편 몽중인을 지우고 1화를 업로드했다.

이후 20여 분을 기다려 자정이 지나자마자 2화를 바로 업로드했다.

김두찬은 잠들기 전까지 독자들의 반응이 나오길 기다리며 환상서 내의 메시지함을 열었다. 안에는 무려 50여 통의 메시지가 와 있었다.

'뭐가 이렇게 많이 왔어?'

그가 메시지를 하나하나 클릭해 열었다.

대부분이 일반 독자들에게서 온 것이고 30퍼센트는 작가들에게 온 것이었다.

하나같이 김두찬의 정체가 무엇인지에 대해 묻고 있었다.

김두찬은 어떤 메시지에도 답장을 보내지 않고 함을 닫았다. 귀찮다기보다는 무슨 말을 해야 할지 알 수 없었기 때문이다.

'그나저나 하석호라고 했나? 그 인간은 잘 들어갔겠지?'

김두찬이 집 앞에서 있었던 일을 생각하며 스마트폰의 녹음기 앱을 열었다.

거기엔 오늘 녹음된 짧은 파일 하나가 있었다.

플레이 버튼을 누르자 김두찬과 하석호의 음성이 흘러나왔다.

―누가 널 보냈는지, 무얼 하라 그런 건지 다시 얘기해.

―정지훈에게 네 몸뚱이 한 군데를 부러뜨려 달라는 사주를 받았어.

―태평예술대학 시나리오극작과 1학년에 재학 중인 정지훈?

―그래.

―당신은 왜 정지훈의 말을 따르는 거지?

―정지훈의 아버지는 조폭 생활을 청산하고 사업가로 옷을 갈아입은 사람이야. 지금은 천일물산을 끌어나가고 있지. 정지훈의 부탁을 들어주면 내 이야기를 아버지에게 잘 해준다고 하더라.

녹음은 거기서 끝났다.

그것은 김두찬이 하석호에게 어떤 명령을 내리려다 말고 우선 전후 상황을 파악해야 할 것 같아 던진 질문에 대한 대답이었다.

아울러 만약의 사태를 대비한 증거 물품이기도 했다.

이후 김두찬은 하석호에게 녹음 파일에는 없는 질문 한 가지를 더 던졌다.

질문에 대한 대답은 만족할 만한 것이었고 김두찬의 머리는 빠르게 돌아갔다.

그는 하석호에게 이제 무엇을 해야 할지 얘기한 뒤, 집으로 돌아가라 명했다.

내일 아침이면 정지훈은 지옥을 맛보게 될 터였다.

김두찬은 그런 생각을 하다가 스스로 놀랐다.

'나도 변하는구나.'

유약하기 그지없던 김두찬이 점점 더 강해지고 있었다.

하지만 그게 싫지 않았다.

그 덕분에 많은 걸 지켜낼 수 있었으니까.

갑자기 타는 듯한 갈증이 찾아왔다.

몇 시간 동안 아무것도 하지 않고 글만 썼으니 그럴 만도 했다.

밖으로 나가 물 한 잔을 따라온 김두찬은 연재 게시판을 열어봤다.

그런데.

"어?"

메시지를 열어보고, 혼자 사색에 잠기고, 물을 마시는 동안 40여 분 정도밖에 흐르지 않았다.

그런데 1화 조회 수가 2,300이 넘었고, 2화 조회 수는 2,100을 넘어서 버렸다.

추천 수도 게시물당 200이 넘어갔다.

댓글은 1화에 41개, 2화에 63개가 달렸다.

김두찬은 댓글을 하나하나 읽어봤다.

악플이 두어 개 달린 것 빼고는 전부 다 작품에 대한 찬사였다.

이제 겨우 두 편 올라왔을 뿐인데, 재미있다, 완벽하다, 다음 편은 언제 올라오느냐는 글들로 가득이었다.

그만큼 단편 몽중인에 대한 반응이 폭발적이었기에 가능했던 성과였다.

하지만 단순히 그것만으로 이 사태를 설명하기엔 부족함이 있었다.

이번에도 모든 사건의 배후에는 서태휘, 아니, 채소다가 있었다.

그녀는 몽중인을 읽은 이후부터 툭하면 김두찬의 게시판에 들락거렸다.

새로운 글이 올라오나 보기 위해서였다.

그런데 오늘 새 글이 올라왔고 그것은 무려 몽중인을 장편으로 각색한 것이었다.

채소다는 빠르게 두 편을 읽고 무언가에 홀린 듯 자유게시판에 글을 올렸다.

제목: 김두찬 작가의 새 글이 올라왔습니다.
내용: 몽중인이 장편으로 각색됐습니다. 다음 편이 기다려집니다.

채소다가 올린 글은 그게 전부였다.

하지만 역시 서태휘의 여파는 엄청났다.

독자와의 소통이 전무하고 연재 글 외에는 어디에도 흔적을 남기지 않는 작가이기에 더더욱 반응이 뜨거웠다.

몽중인을 읽은 독자들은 서태휘가 남긴 글에 댓글을 달았다.

그러면서 댓글 릴레이가 시작됐고, 자유게시판에 아예 새로운 글을 올려 버리는 사람도 있었다.

그에 얼마 지나지 않아 저번처럼 자유게시판이 김두찬의 작품 이야기로 도배되기 시작했다.

그것은 곧 몽중인의 조회 수를 높이는 연쇄 효과를 불러일으켰다.

김두찬은 게시판을 계속 새로고침 했다.

그때마다 조회 수가 적게는 5, 많게는 15까지 올라갔다.

댓글과 추천 수도 비례해서 늘어났다.

띵동띵동. 띵동띵동.

메시지함이 계속해서 번쩍이며 알림 음이 울렸다.

열어보니 일곱 군데 출판사에서 계약을 하자며 메시지를 보내왔다.

두근! 두근!

김두찬의 가슴이 미친 듯이 뛰었다.

며칠 전까지만 해도 막역하기만 했던 작가의 길이 이렇게 쉽게 열릴 줄이야!

'계약을 하면, 나도 작가가 될 수 있어. 내 이름이 박힌 글을 꾸준히 연재할 수 있어.'

여러 출판사에서 먼저 손을 내밀었다.

이제 마음에 드는 손을 잡으면 된다.

김두찬이 떨리는 마음을 가다듬고서 찬물로 목을 축였다.

"꿀꺽! 꿀꺽! 하아. 내일을 위해서 잠을 자야 하는데."

도저히 잠이 올 것 같지가 않았다.

손가락이 간질간질하는 게 글을 더 집필하지 않고는 견딜 수가 없었다.

김두찬이 닫았던 워드 창을 다시 켰다.

타타탁! 타타타타탁!

그의 손이 3화 이후의 이야기를 빠르게 적어나갔다.

                    *   *   *

"물어볼까? 말까?"

채소다는 스마트폰을 들고 고민했다.

김두찬에게 전화해 환상서의 김두찬이 너냐고 묻고 싶었다. 하지만 자신의 정체가 들통날지도 모르겠다는 생각에 망설이는 중이었다.

조금만 냉정하게 생각해 보면 겨우 그 정도 질문을 던진다고 김두찬이 그녀의 정체를 알아챌 리는 없었다.

물론 이미 정보의 눈을 통해 알고 있긴 하지만.

어쨌든 채소다는 걱정이 너무 과했다.

"물어봐? 말아?"

이러지도 저러지도 못한 채 시간은 계속해서 흘러갔다.

                    *   *   *

"성 작, 유 작, 화면 캡처해! 조회 올라가는 거 실시간으로 캡처해 놔. 황 감독님이 있어야 하는데."

회의실에서 머리를 맞대고 있던 송하연과 주정군 피디, 그리고 송 작가와 유 작가가 비상이 걸렸다.

김두찬의 글이 완전히 터진 것이다.

"촬영은 되는대로 내가 해볼게!"

주정군 피디가 당장 카메라를 가져와 컴퓨터 모니터를 찍었다.

"이야, 이게 이렇게 터질 줄이야! 진짜 대박 나는구나! 으하하하하하!"

주정군 피디는 통쾌하게 웃었다.

"배경 음악 대신 피디님 목소리 깔아 넣으려고요?"

송하연이 주정군 피디를 질책했다.

"이 장면은 그냥 소리 삭제하고 배경 음이나 내레이션 깔아도 되잖아. 지금 자정 지났으니까 내일 3편 올라오는 거지? 두찬 씨한테 3편도 작업 확실히 되어 있는 거냐고 연락해 봐!"

"자고 있을지도 모르는데 그냥 둬요. 알아서 잘하려고. 내일 연락할게요."

"조회 수야~ 계속 올라라! 계속!"

*　　　　*　　　　*

과 엠티가 있는 날 아침.

시나리오극작과 학생들은 약속 장소인 동서울터미널로 모이고 있었다.

엠티 목적지는 대성리였다.

8시 40분까지 동서울터미널에 모여 마트에서 장을 보고 11시

5분 차에 오르기로 했다.

김두찬은 촬영팀과 함께 10분 일찍 도착했다.

그런데 모두가 도착한 시간은 9시가 다 되어갈 무렵이었다.

세 명이 나오지 않았는데 한 명은 가족 일 때문에 미리 얘기가 되어 있었고, 다른 한 명은 오늘 갑자기 일이 생겼다고 연락이 왔다.

그런데 마지막 한 명, 심진우는 아무 이유도 없이 오지 않았다. 그리고 연락도 없었다. 과대가 연락을 해봤으나 핸드폰이 꺼져 있었다.

결국 심진우를 두고 움직이기로 했다.

"다들 모였으면 장 보러 갑시다."

과대가 나서서 사람들을 인솔했고 촬영팀은 사람들 틈에 섞여 이동하는 김두찬의 모습을 담는 중이었다.

그때였다.

"지훈아~!"

멀지 않은 곳에서 걸쭉한 목소리가 들려왔다.

너무나 귀에 익은 음성에 정지훈이 미간을 찌푸리며 고개를 돌렸다.

그리고 눈에 들어온 광경에 하마터면 욕을 내지를 뻔했다.

저 앞에서 하석호가 같이 생활하는 애들 넷을 데리고서 껄렁껄렁 다가오고 있었다.

'왔어. 최면술이 먹혔어.'

상황을 지켜보던 김두찬이 주먹을 말아 쥐었다.

그가 짜놓은 대로 판이 돌아가면 이제부터 정지훈은 지옥을 보게 된다.

"겁나게 보고 싶었다, 지훈아."

"지금 무슨……."

황당해하는 정지훈에게 하석호가 냅다 달려와 주먹을 뻗었다.

빠악!

"악!"

부지불식간 벌어진 일에 정지훈은 피하지도 못하고 얼굴을 얻어맞았다.

얼굴에 불이 번쩍 하더니 쌍코피가 터졌다.

비틀거리며 뒤로 물러난 정지훈이 크게 뜬 눈으로 하석호를 노려봤다.

하석호가 실실 쪼개며 그런 정지훈에게 경고했다.

"뒤지기 싫으면 눈 깔아, 어린놈의 새끼야."

＊　　　　＊　　　　＊

어제 저녁.

동네 골목에서 하석호를 제압한 김두찬은 최면술을 걸었다.

그리고 그가 자신을 찾아온 목적에 대해 녹음했다.

녹음기를 끈 다음에는 따로 알고 싶은 것이 있어 물었다.

"정지훈이 당신을 사주한 증거들이 있어?"

"있지. 만날 때마다 대화 내용을 녹음했어. 혹시 모르는 사이라 잡아뗄까 봐 통화 내역도 지우지 않았고."

하석호 같은 무리들은 절대 손해 보거나 밑지는 장사를 하지 않는다.

철저히 자신의 이득을 챙기는 걸 목적으로 움직인다.

때문에 이러한 보험은 반드시 마련해 놓는다.

'만날 때마다라.'

그 말은 곧 정지훈이 하석호를 여러 번 만났고 그때마다 지금과 같은 부탁을 했다는 말이다.

이게 경찰서에서 밝혀진다면 정지훈은 폭력배 사주 폭력 교사로 빼도 박도 못하게 된다.

'성인이라면 자신이 저지른 짓에 대한 책임을 져야지. 하지만 어지간한 방법으로는 소용없을 거야.'

하석호는 정지훈의 아버지가 주먹패 출신이지만 지금은 사업가로 변신했다고 일렀다.

그렇다면 수완이 대단한 사람이라는 것이다.

과거를 어지간히 세탁하지 않으면 사업가의 옷을 입을 수가 없다.

'정재계, 법조계 관련된 사람들과도 연이 닿아 있을 거야.'

그것은 김두찬이 그쪽 세계에 큰 관심이 없어도 충분히 짐작할 수 있는 사실이었다.

결론적으로 정지훈에게 법의 철퇴를 내리고 싶다면 사건을 크게 키워야 했다.

최대한 많은 증인과 움직일 수 없는 증거물이 필요했다.

'어떻게 해야 하지?'

고민을 하는 김두찬의 머릿속에서 갑자기 일련의 스토리가 주르륵 떠올랐다.

그것은 이 상황을 가장 완벽하게 해결할 수 있는 방법이었다.

'이건… 스토리텔링!'

김두찬의 짐작대로 스토리텔링의 힘이 빛을 발한 것이다.

'좋아. 이대로 진행한다.'

이제 핵의 효과가 풀리기까지 남은 시간은 1분여 남짓.

김두찬은 머릿속에 정리된 스토리를 바탕으로 하석호에게 말했다.

"지금부터 당신은 내가 하는 이야기를 사실로 받아들이는 거야. 당신의 기억, 감정들 전부 내가 말해주는 대로 바뀌는 거야."

하석호가 고개를 끄덕였다.

"당신은 정지훈을 증오해. 쌓인 감정이 커. 정지훈의 아버지만 아니면 당장… 죽이고 싶을 만큼."

하석호는 몇 번씩 정지훈을 만났다고 했다.

그런데 이번에 또 정지훈의 부탁을 들어주는 건 아직 원하는 걸 손에 넣지 못했다는 말이다.

분명 그도 인간인 이상 자기보다 한참이나 어린놈의 부탁을 들어준다는 게 고까울 터였다.

김두찬은 그것을 건드렸다.

아예 존재치도 않는 감정을 억지로 만들어낸 게 아니라 이미 있는 감정을 더욱 키웠다.

하석호의 미간에 세로줄이 생겼다.

"그리고 정지훈은 아주 약은 놈이야. 제 손 안 더럽히고 다른 사람을 엿 먹이는 데 능숙하지. 당신 역시 정지훈의 손에서 놀아나고 있어. 처음에는 이렇게 하면 원하는 걸 얻을 수 있을 거라 생각했는데, 지금은 생각이 바뀌었어. 그놈은 절대로 당신이 원하는 걸 주지 않아. 이용만 하다 버릴 놈이야. 게다가 당신도 잘 알고 있잖아. 정지훈의 아버지가 사업가 옷을 입은 뒤, 얼룩 하나 묻히지 않으려 한다는 걸."

그것은 하석호의 얘기에서 충분히 유추할 수 있는 부분이었다.

"그런데 정지훈의 부탁으로 더러운 짓을 대신 일삼은 당신 같은 사람 받아주려 하겠어? 도마뱀 꼬리 자르듯 잘려 나갈 거야. 그걸 알면서도 한 가닥 희망을 놓지 못해 외면했으나 이제는 현실을 받아들였지."

하석호의 미간이 더욱 깊이 파였다.

김두찬의 말을 들으며 감정의 변화가 격하게 일고 있는 것이다.

"계속해서 가봤자 남는 건 없어. 정지훈은 마지막이라며 계속 다른 더러운 일을 대신 시킬 테고 나중에는 당신을 다 쓴 걸레처럼 버릴 게 분명해. 당신은 더 이상 이용당하지 않기로 했어. 이대로 당신 혼자… 아니, 같이 생활하는 사람이 있나?"

"네 명… 동생들이 있지."

"그래. 당신과 동생들만 죽을 수는 없으니 같이 자폭하기로 마음먹었어. 오늘 당신은 여기 와서 날 만난 게 아니야. 정지훈에 대한 분노를 키우며 내일 그 녀석의 동선을 파악한 거야."

이제 남은 시간은 15초.

핵의 유효 시간은 김두찬의 시야 한편에서 계속 카운트다운 되고 있었다.

김두찬의 말이 빨라졌다.

"내일 오전 아홉 시, 정지훈은 과 엠티를 가기 위해 강변역 1번 출구에 나타날 거야. 거기엔 방송국 사람들도 함께일 거고."

정지훈과 같이 자폭하려면 정지훈의 아버지가 힘을 써도 빠져나갈 수 없는 증인과 증거가 있어야 된다.

때문에 내일이 딱이었다.

"동생들 끌고 가서 정지훈을 딱 죽기 직전까지만 만져놓고 정지훈이 당신에게 부탁했던 더러운 짓거리들을 털어놔. 당연히 당신은 정지훈과 경찰서로 연행될 테지. 거기서도 있는 사실을 전부 증언해."

그때쯤이면 재미있는 영상들이 전부 인터넷에 퍼질 터였다.

                    *   *   *

하석호와 그의 동생들은 하나같이 얼굴에 분노가 가득했다.

하석호가 주먹패이긴 하지만 함께 생활하는 동생들에게 의리 하나는 제대로 지키는 인간이었다.

동생들은 하석호가 하자고 하면 의심 않고 덤벼들었다.

죽으라 하면 죽는 시늉까지도 하는 놈들이었다.

하석호는 어젯밤 동생들 앞에서 정지훈을 잡겠다 선언했다.

그는 김두찬에게 들은 얘기들이 자신의 생각인 양 일장연설을 펼쳤다.

모든 것을 털어놓은 뒤 그의 얼굴은 분노로 덜덜 떨리고 있었다.

이를 본 동생들은 두말없이 형님 뜻대로 따르겠다 입을 모았다.

그리고 오늘.

하석호는 동생들과 함께 강변역으로 찾아왔다.

정지훈은 하석호의 주먹에 정통으로 얻어맞고서 아찔해지는 정신을 겨우 추슬렀다.

"뒤지기 싫으면 눈 깔아, 어린놈의 새끼야."

"뭡니까! 저 아세요?"

역시나 정지훈은 영악했다.

가슴속에서 폭발하는 화를 꾹 누르며 하석호를 남인 듯 대했다.

"저 아세요? 그래, 모르겠다, 개새야. 모르는 사람한테 이유도 모르고 맞아봐라!"

하석호가 다시 한번 주먹을 날렸다.

날카로운 주먹이 정지훈의 옆구리에 꽂혔다.

빠악!

"억!"

정지훈은 숨이 턱 막혀 맞은 부위를 움켜쥐고 바들바들 떨었다. 그런 그의 반대쪽 옆구리에 하석호의 발이 날아들었다.

퍼억!

"컥!"

콰당!

정지훈이 더 버티지 못하고 결국 모로 쓰러졌다.

"쿨럭! 왜, 왜 이러는 건데요!"

"나도 몰라, 개씨발 새끼야. 그냥 너를 존나 패고 싶어."

퍽!

"끄윽!"

복부를 얻어맞은 정지훈의 눈이 붉게 충혈됐다.

'저 새끼가 돌았나!'

정지훈은 도무지 영문을 알 수가 없어 울화통이 터졌다.

몸은 몸대로 아프고 정신은 정신대로 혼란스러웠다.

대낮에 약이라도 한 게 아니라면 이런 미친 짓을 벌일 수는 없었다.

정지훈이 아찔한 고통 속에서도 어떻게든 몸을 일으키려 했다.

"꿈틀대지 마, 인마."

콰콱! 콱! 콰직!

하석호가 그런 정지훈의 몸을 마구 짓밟았다.

"으윽! 하석호… 씨발 새끼야… 정신 나갔나?"

정지훈이 하석호에게만 들릴 만한 음성으로 말했다.

"나 모른다더니? 근데 한참 어른한테 씨발 새끼가 뭐야, 어린놈의 새끼야."

정지훈의 턱을 하석호의 발끝이 그대로 후려 찼다.

뻑!

"크흡! 이 씨발……."

"하, 새끼. 역시 그 애비에 그 아들이네. 눈도 깜빡 안 해? 깡다구 보소. 안 되겠다. 더 맞자."

하석호가 정지훈의 머리채를 잡고 질질 끌었다.

그 광경을 누군가가 스마트폰으로 몰래 촬영하고 있었다.

김두찬이었다.

그는 이미 하석호가 나타난 시점부터 열심히 모든 상황을 녹화하는 중이었다.

"지훈아, 나는 네가 독기 품고 까부는 게 너무 싫어. 그래서 네가 울 때까지 때릴 거야."

"이이… 놔아, 개새끼야!"

머리채를 잡혀 끌려가던 정지훈의 인내심이 드디어 바닥났다.

그가 고함을 치자 겨우 정신이 든 학생들이 뒤늦게 나서서 하석호를 막으려 들었다.

"뭐하는 짓이에요!"

"야, 신고해!"

학생들이 정지훈을 끌어내리려는 순간 하석호의 동생 넷이 우르르 앞으로 나섰다.

험상궂은 덩치들이 가로막고 서자 기세에서 제압당한 학생들은 수적으로 우세함에도 움찔하며 물러났다.

하석호가 그런 학생들을 보며 피식 웃었다.

"신고? 그래, 신고해. 제발 신고 좀 해주라. 너희들 지금 저 새끼가 어떤 새끼인지 모르니까 이 난리 염병을 떠는 거야. 어이, 카메라!"

하석호의 부름에 모든 광경을 찍고 있던 황성주 카메라 감독의 어깨가 움찔거렸다.

"이거 지금 찍고 있지? 만약에 녹화 땡긴 거 아니라면 지금부터는 하나도 놓치지 말고 다 담아."

말을 하며 하석호가 주머니에 들어 있던 녹음기를 꺼내 플레이 버튼을 눌렀다.

그러자 편집되어 이어 붙인 정지훈의 음성이 흘러나왔다.

─형. 저번에 술자리에서 부탁할 거 있음 언제든 얘기하라고 했었죠. …학교생활 편하게 하려고요. 심진우라고 있는데, 이 새끼 무식해요. 단순하고. …형이 시비 걸다가 몇 대 쥐어 패요. 그때 내가 우연히 지나가다 진우 구해주는 스토리로. 그렇게만 해주면 내 심복 됩니다. 가진 것도 없는데 자존심만 센 놈이거든요. 가장 갖고 놀기 좋죠.

"……."

일순간 학생들은 충격에 빠졌다.

그것은 누가 뭐라 해도 정지훈의 목소리였다.

음성은 계속 이어졌다.

─이번 일은 우리 아버지랑 상관없이 그냥 해줘요. 다른 거 줄 테니까. 유아라라고 나 좋아하는 골빈 년 하나 있어요. 얼굴 예쁘고 빨통이랑 엉덩이가 죽여줘요. 담에 기회 봐서 이년 한번 품게 해줄게요.

"……!"

학생들의 시선이 일제히 사시나무처럼 떨렸다.

유아라에게 향하려는 눈동자를 애써 자제하고 있는 것이다.

반면, 말도 못 할 음담패설의 주인공이 된 유아라는 얼굴이 붉게 달아올랐다.

어떻게 정지훈의 입에서 저런 말이 나올 수 있는 건지 선뜻 이해되지 않았다.

머릿속이 엉망진창으로 뒤엉켰다.

그녀는 한순간에 머리 비고 아무한테나 몸을 주는 쉬운 여자가 되어버렸다.

"지훈아… 네가… 어떻게……."

"이거… 이거 아니야! 나 아니야! 조작한 거야! 이 미친놈이 조작한 거라고!"

"닥쳐, 병신아. 시끄러우니까."

하석호가 대번에 정지훈의 입을 걷어찼다.

퍽!

"우웁!"

구두코가 그대로 입에 틀어박혔다가 나왔다.

동시에 정지훈의 부러진 앞니 한 개가 피와 함께 토해졌다.

"으어어어……."

그 광경을 지켜보고 있던 유아라의 눈에서 닭똥 같은 눈물이 쏟아졌다.

"흐아아앙… 흐아아아앙……."

여학생들이 얼른 그런 유아라를 달래며 다른 곳으로 자리를 옮겼다.

그러는 사이 하석호는 정지훈의 얼굴을 인정사정없이 짓밟았다.

퍽퍽퍽퍽!

"끄아! 아악! 아아악!"

정지훈이 죽겠다고 고함을 질렀다.

그러거나 말거나 하석호는 다시 녹음 파일을 플레이시켰다.

―아버지한테는 내가 얘기 잘 해준다고 했죠? 내 부탁 들어준 거 빌미로 아버지 밑으로 들어와 봤자 얼마 안 가 팽 당해요. 자기 아들 모가지 물고 들어온 짐승 곱게 보이겠어요? …만져줄 놈이 있어요. …김두찬. 저랑 같은 과 학생이에요. …어디 한 군데 부러뜨려 놔요. 수치스러운 사진도 찍어 오고요. 사진은 나한테 파일로 보내지 말고 직접 인화해서 가져와요. 한 장 드릴게요.

"지, 지금 뭐야? 두찬이 얘기한 거야?"

"어디 부러뜨리고… 수치스러운 사진도……."

학생들은 저도 모르게 김두찬을 바라봤다.

김두찬은 스마트폰을 촬영 모드로 둔 채 축 내린 한 손에 가만히 들고 있었다.

누가 보면 촬영을 하는 줄 모를 판이었다.

"두찬아, 너 아무 일 없었어?"

김두찬과 함께 족구를 했던 김준호가 걱정스레 물었다.

"어? 어……."

김두찬은 아무것도 모르는 척 연기했다.

그러면서 김두찬은 하석호의 눈치를 살폈다. 그러다 그와 눈이 마주쳤다. 하지만 하석호는 김두찬을 아예 처음 보는 사람인 양 대했다.

하석호가 녹음기를 주머니에 넣고서 정지훈의 목을 지르밟았다.

"꺼흑……!"

"어떠냐. 지금도 이 새끼 도와줄 마음이 생겨?"

"……"

그의 물음에 아무도 대답하지 못했다.

다들 지금껏 알고 있던 정지훈의 모습과 너무나 다른 면모에 충격을 받았다.

정지훈의 가면이 만천하에 벗겨지는 순간 학생들은 믿을 수 없는 진실에 할 말을 잃었다.

정지훈은 얼굴에 피 칠갑을 하고서 정신을 잃어가는 와중에도 무언가가 변했음을 느꼈다.

아무도 자신을 도와주지 않는다.

그 누구도 나서지 않는다.

이미 그들이 알고 있던 정지훈은 사라졌다.

온갖 거짓말과 위선으로 친구들을 기만하던 개자식이 남았을 뿐이다.

'씨발… 내가 지갑 꺼낼 때는 꼬리나 살랑살랑 흔들던 개새끼들이……!'

정지훈이 끝까지 반성하지 못하고 학생들을 욕했다.

그때 하석호가 손목시계를 보더니 중얼거렸다.

"슬슬 올 때 안 됐나? 아, 누가 신고 안 했어요? 이 새끼 데리고 같이 가서 진술서 쓰려면 그만 패야겠다."

"개새끼야… 진술서, 씨발… 같이 가서 쓰자. 너 우리 아버지 누군지 잊었냐? 나는 무사히 나와, 병신아. 근데 너는… 뒈졌어, 좆같은 새끼야!"

"어이고. 악 바락바락 쓰는 거 보니까 아직 힘이 있나 보네."

하석호가 유들거렸다.

마침 누군가 신고 전화를 해 출동한 경찰들이 현장에 도착했다.

"다들 손 올려!"

하석호과 동생들은 순순히 손을 들어 올렸다. 경찰 한 명이 다가와 하석호를 제압하자 그가 씩 웃으며 말했다.

"저 자수할 겁니다."

"당신은 묵비권… 엥? 자수?"

하석호에게 수갑을 채우려던 경찰이 생각지도 못한 말에

당황했다.

"폭행 신고 들어와서 현장 검거 됐는데 자수는 무슨 자수?"

그 말에 하석호가 비릿한 시선을 정지훈에게 던지며 입을 열었다.

"그건 인정. 자수는 다른 걸로."

*   *   *

"이거 어떻게 해야 되냐?"

한바탕 폭풍이 휩쓸고 간 자리에 남은 시나리오극작과 학생들은 단체로 공황에 빠졌다.

그들은 한데 모여 한동안 아무런 말도 없었다.

그나마 1학년을 인솔하기 위해 동행한 2학년 과대 공상천이 사람들을 수습해 마트로 이끌었다.

나머지 2학년들은 후발대로 출발하기로 되어 있었다.

공상천에게 1학년 과대 최영준이 다가와 물었다.

"선배님, 근데… 지금 다들 장 볼 정신이 없을 것 같은데요."

"그러니까 너랑 나만이라도 정신 차려야지. 같이 넋 빠져 있을 거야?"

"그게 아니라… 이 상황에서 장 보는 게 맞아요? 솔직히 엠티 갈 맛도 안 날 것 같은데."

"오늘 아니면 또 언제 날을 잡아? 이만한 인원이 개인 시간 들여서 한 번 모이는 게 쉬운 일이 아니야. 쇠뿔도 단김에 빼야 돼. 그리고 지금보다 더 늦어지면 과 엠티 의미 없어. 게다가 당장 체육대회도 열릴 텐데 언제 또 시간 잡아?"

듣고 보니 그도 그랬다.

체육대회 시즌이 다가오면 연습을 한답시고 이래저래 바빠진다. 그게 끝나면 얼마 안 있어 기말고사고, 그다음엔 축제가 열린다.

지금이 아니면 다시 일정을 짜기가 쉽지 않았다.

마트로 향하는 동안 몸을 움직이다 보니 긴장이 슬슬 풀어졌다.

시간이 흘러 정신적 충격도 사라지면서 학생들의 입이 하나둘 풀렸다.

"그럼 지훈이 여태껏 연기한 거야?"

"개소름. 그 자상한 미소가 다 가면이었다니."

"근데 아까 녹음한 거에서 걔네 아버지가 뭐 어쩌고저쩌고 했잖아."

"정황상 그 깡패가 지훈이네 아빠한테 잘 보이려고 여태껏 지훈이 부탁 들어줬던 거 같던데."

"걔네 아버지 그냥 중소기업 임원이라고 하지 않았었어?"

"뭐가 중요해. 개새끼라는 것만 알았으면 됐지."

"나는 애초에 별로 안 친했어."

"지랄. 툭하면 지훈아~ 하고 찾아가서 헤실헤실 웃음 흘리던 년이."

"…방금 어떤 년이야?"

"너희들은 이 상황에서도 농담이 나오냐?"

"아, 몰라, 몰라. 아무튼 진짜 충격이다. 뒤통수 겁나 세게 얻어맞은 거 같아."

"하, 진짜 개쓰레기. 아라 두고 하는 말 봐."

"심진우 이용한 건 또 어떻고?"

"정지훈 쥐어 패던 깡패가 딴마음 안 먹었으면 두찬이도 당할 뻔했던 거잖아?"

"근데 두찬이한테는 왜 그런 거야?"

"그 속을 누가 알겠니."

"내 생각인데 요새 지훈이보다 두찬이가 더 빛나긴 했잖아. 저번에 족구할 때도 그랬고. 뭔가 자기가 좀 꿀려 보였다고 느껴서 그런 거 아닐까?"

"고작 그거 때문에?"

"조폭한테 폭력 사주하는 인간이야."

"하긴……."

"걔네 집안이 궁금하다. 어떻게 되어먹은 집안이기에 애가 그 모양으로 망가진 건지……."

모든 학생들이 일제히 정지훈에 대해 헐뜯고 비난했다.

이미 자상하고 쿨했던 훈남 정지훈은 모두의 머릿속에서

사라진 지 오래였다.

그러 는사이 마트에 도착했고, 이미 그때쯤엔 분위기가 거의 풀려 있었다.

아니, 오히려 정지훈에 대한 얘기로 활기가 넘쳤다.

금방 멘탈을 회복한 학생들은 빠르게 장을 본 뒤, 예정대로 11시 5분 차에 몰아 탈 수 있었다.

하나둘, 버스에 오르는 동안 여학생들은 김두찬의 옆자리를 사수하기 위해 눈치를 살폈다.

하지만 옆자리의 영광은 송하연 작가에게 돌아갔다.

물론 그녀는 개인적 사심보단 방송 이야기를 하기 위해 앉은 것이었다.

"두찬 씨. 처음에는 그림 안 나올까 봐 걱정이었는데 이제는 너무 스펙터클해서 걱정이네요."

"그러게요."

"방금 그런 건 드라마로 만들려고 해도 잘 안 나오는 장면이에요."

"네. 그럴 것 같아요."

사실 김두찬이 짜놓은 각본대로 진행된 상황이었다.

하지만 아무도 그걸 몰랐다.

송하연이 앞자리에 앉은 황성주 카메라 감독과 주정군 피디에게 물었다.

"아까 찍은 거 내보내면 안 되겠죠?"

"제정신이야?"

"우리 프로그램 징계 먹고 강제 종영되는 꼴 보고 싶어?"

"알아요. 그냥 아까워서 그러지."

"아까워도 어쩔 수 없어. 우리 거 아니야."

"그럼 그냥 버리자고요?"

"버리지 않으면? 어디다 써?"

그때 김두찬이 끼어들었다.

"시사매거진 같은 쪽에 보내면 안 될까요?"

그 말에 세 사람이 동시에 김두찬을 바라봤다.

"시사매거진?"

"네. 버리기 아까우시면 그쪽에 주는 게 낫지 않나 싶어서
요."

김두찬이 슬쩍 흘린 말에 세 사람의 눈이 번뜩였다.

주정군 피디가 손가락을 딱 튕겼다.

"그래! 보니까 정지훈인가 뭔가 그 새끼 애비라는 인간 냄새
가 좀 나던데. 한 번 털면 먼지깨나 나올 것 같지 않아?"

그 말을 송하연이 받았다.

"먼지가 아니라 엄청난 쓰레기들이 쏟아져 나올 것 같던
데요. 걔 옷 입은 거 봤어요? 하나같이 명품이에요. 게다가
조폭이랑 연이 있고, 아버지 백으로 제멋대로 막 부렸잖아.
그거 어렸을 때부터 그런 걸 보고 자란 인간 아니면 힘들다
고."

"재미있겠네. 증인도 있고, 증거물도 있고. 사건 일으킨 깡패는 경찰한테 자수하겠다고 두 손 들었고. 오케이! 이거 다른 데서 키워가지고 꿀꺽하기 전에 우리가 선수 치자!"

"그럼 아침 해 뜨기 전에 메모리 카드 넘겨줘야 하겠네요."

"새벽까지 촬영하고 타이트하게 본부 갔다 오자고."

"그게 좋겠어요."

세 사람의 대화를 듣고 있던 김두찬이 조금 놀라서 물었다.

"세 분 잠은 안 주무세요?"

"특종이 잡힐 판인데 잠이 문제야? 이런 일엔 익숙하니까 걱정하지 마요, 두찬 씨."

주정군 피디가 별일 아니라는 듯 답했다.

"그럼 일단 버스 안에서 몇 컷 딸게요."

황성주 감독이 다시 녹화 버튼을 눌렀다.

버스 안에 몸을 실은 학생들과 김두찬의 모습이 작은 앵글에 담겼다.

잠시 동안의 촬영이 끝나고 방송국 관계자 세 명은 피곤했는지 잠이 들었다.

그 틈을 타 김두찬은 아까 찍었던 영상을 인튜브에 업로드했다.

이후 그것을 다시 자신의 SNS계정으로 퍼왔다.

영상의 조회 수는 미친 듯이 오르기 시작했다.

＊　　　　＊　　　　＊

"이거… 뭐야, 도대체."

천일물산 정철용 사장은 문 비서가 가져온 영상을 보는 순간 기가 턱 막혔다.

거기엔 대낮에 길 한복판에서 깡패한테 얻어터지는 정지훈의 모습이 담겨 있었다.

정철용의 눈이 뒤집혔다.

당장 저 깡패 놈들을 잡아다가 사지를 분질러 놓겠다고 소리쳤다.

한데 그다음 장면을 보고 나서는 그런 말이 쏙 들어갔다.

대신 신음이 흘러나왔다.

"끄으으……."

깡패의 녹음기에서 흘러나오는 소리를 듣는 순간 뒷목이 뻐근해졌다.

거기서 끝이 아니었다.

이미 인터넷 기사가 수십 개나 올라온 상황이었다.

각종 포털 사이트에는 천일물산, 정철용 회장, 첫째 아들 등등의 검색어로 인기 순위가 도배되었다.

눈 깜짝할 새 어마어마한 파도가 천일물산을 덮쳤다.

"이 멍청한 새끼가 대체 무슨 짓거리를 하고 다니는 거야!"

정철용 사장의 손에서 날아간 스마트폰이 바닥에 부딪혀 산산조각 났다.

퍼걱!

"이 자식 지금 어디 있어!"

"경찰서에서 진술을 하고 있는 것 같습니다."

"끄응… 보니까 무슨 방송국에서도 촬영하는 것 같던데."

정철용 회장이 본 건 김두찬이 업로드한 영상이었다.

김두찬은 정지훈과 하석호의 모습을 찍던 와중 방송국 관계자들도 함께 담았다.

전부 영상을 본 정철용의 똥줄을 타게 하려는 수작이었다.

그것은 제대로 먹혔다.

"KBC였습니다."

"KBC? 지상파 카메라에 그게 담겼다고?"

"네."

"…하필이면 이럴 때."

천일물산으로서는 지금이 가장 중요한 시기였다.

아니, 지금뿐만이 아니라 옷을 갈아입은 전후 5년은 깨끗한 이미지를 이어나가야 한다.

그런데 장남이라는 녀석이 이런 식으로 재를 뿌리다니!

가뜩이나 갑질하는 인간들의 천태만상이 미디어를 타고 퍼져 더욱 민감한 상황이다.

"으음……."

정철용이 눈을 감고 관자놀이를 꾹 눌렀다.

"결국엔 이놈이 사고를 치는구만."

그에게는 두 명의 쌍둥이 아들이 있다.

정지훈이 형이고 정시훈이 동생이다.

둘은 나고 자라면서 한 번도 화목한 모습을 보여준 적이 없었다.

항상 서로가 서로를 이겨 먹기 위해 경쟁하고 싸웠다.

정철용은 그것이 약육강식의 시대에서 어떻게든 살아남을 수 있는 자양분이 될 것이라며 기꺼워했다.

둘을 아주 좋은 경쟁자로 본 것이다.

철이 들면 경쟁자가 아닌 동지로 발전할 것이라고 믿었다.

하지만 그의 예상은 빗나갔다.

문제는 정지훈이 생각보다 더 음흉한 인간이라는 데 있었다.

그는 무엇이든 자신이 전부 가져야 속이 차는 인간이었다.

그런데 자신과 똑 닮은 친동생이 무엇이든 반을 나눠 가지려 하니 그게 짜증 났다.

처음에는 자신이 직접 손을 써서 그런 동생을 핍박했다.

그러다 머리가 좀 큰 다음에는 주변 아이들을 돈으로 다뤄 동생을 괴롭혔다.

나중엔 자신이 다른 사람들을 다루고 있다는 사실도 모르도록 연기를 했다.

그러면서 교묘하게 그가 원하는 쪽으로 행동하게끔 유도했다.

바로 지금의 정지훈처럼 말이다.

정지훈에게는 동료애라는 게 없었다.

모두 이용할 수 있는 대상에 지나지 않았다.

그것을 정철용도 잘 알고 있었다.

그래서 태평예술대학으로 보낸 것이다.

태평예술대학도 서울에 있는 예술대학 중에서는 나름 세 손가락 안에 드는 곳이었다.

아울러 동기애가 강하고 그 학교를 졸업한 사람들끼리의 유대감도 끈끈하기로 유명했다.

때문에 정철용은 정지훈에게 군이 태평예술대학에 가기를 강요한 것이다.

그곳에서 생활을 하다 보면 개망나니 아들의 천성이 조금은 변하지 않을까 싶었다.

똑똑하고 깡다구도 있는 녀석이니 성격만 조금 바뀐다면 천일물산의 후계자로서 손색이 없었다.

정철용은 내심 정지훈을 후대 왕좌에 앉히기로 정해놓고 있었다.

하지만 그의 예상은 완벽하게 빗나갔다.

성격이 변하기는커녕, 이 녀석은 어떻게 손을 쓸 수 없을 만큼 큰일을 벌려놓았다.

사건은 이미 수습할 수 없는 지경에 이르렀다.

"사장님, 어떻게 할까요?"

정철용이 머리를 싸매고 고민하다가 어렵게 한마디를 내놓았다.

"시훈이 불러."

*   *   *

시나리오극작과의 첫 번째 과 엠티는 오전의 사건이 있은 이후 무난하게 흘러갔다.

1학년들은 같이 따라온 2학년 과대 공상천의 지시 아래 각종 게임들을 준비했다.

오후 2시쯤 2학년들이 도착한 이후엔 본격적으로 놀자판이 벌어졌다.

서로 팀을 만들어 간단한 게임도 하고 레크리에이션도 하고 소규모 운동회도 열었다.

김두찬은 어디에 있어도, 누구와 어떤 게임을 하며 어울려도 항상 보석처럼 빛났다.

그 모든 광경은 황성주 감독의 카메라에 고스란히 담겼다.

황성주 감독은 렌즈를 통해 들어오는 김두찬의 모습을 보면 볼수록 점점 더 깊이 그에게 빠져들고 있었다.

카메라 들고 현장 뛴 경력만 15년이 넘는다.

그런데 이토록 완벽한 미모를 자랑한 사람은 처음이었다.

아니, 그전에는 다른 최상급 미모의 배우들이 완벽하다 생각했었다.

하지만 김두찬을 만나고 나니 하늘 위의 하늘이라는 게 어떤 것인지 느끼게 됐다.

그러한 감정은 비단 황성주 감독만 느끼는 게 아니었다.

송 작가와 주 피디도 같은 심정이었다.

모든 놀이가 끝나고 저녁이 됐다.

과 사람들은 두런두런 모여 술과 함께 야외 바베큐 파티를 벌였다.

술이 들어가던 와중 누군가의 입에서 정지훈에 대한 얘기가 나왔다.

그러자 어느덧 모든 술자리의 화제는 정지훈으로 바뀌었다.

2학년들은 아침의 상황을 모르기에 1학년들이 입을 통해 어떤 일이 있었는지 들었다.

사건의 전말을 알고 난 2학년들은 경악했다.

그들의 입에서 험한 욕이 튀어나왔다.

한편, 이 모든 상황을 설계한 김두찬은 선배가 따라준 술을 마시며 생각했다.

'정지훈. 지금 어떤 지옥을 겪고 있는지 궁금하다.'

*   *   *

생각했던 거랑 전혀 다른 방향으로 흘러가고 있었다.

"이런 씨발 새끼들아! 나 꺼내라고! 문 안 열어? 전화기 내
놔! 전화 한 통만 할 테니까 전화기 내놔! 내가 누군지 알아?
우리 아버지 전화 한 통이면 너희들 다 모가지야!"

정지훈은 경찰서 유치장에서 소리를 버럭버럭 질렀다.

같이 수감되어 있던 사람 두 명이 그런 정지훈을 보며 미간
을 찌푸렸다.

"아까부터 졸라 시끄럽네."

"어휴… 미친놈이 들어와서."

정지훈이 그 둘을 노려봤다.

"입에서 하수구 냄새 나니까 닥쳐, 좆만 한 새끼들아."

"뭐?"

"이런 씹새가!"

두 사람이 정지훈에게 다가오려 할 때였다.

경찰 한 명이 다가와 유치장 문을 열었다.

"정지훈. 면회 왔다."

그 한마디에 정지훈의 얼굴이 밝아졌다.

"그럼 그렇지, 씨발. 나 먼저 나간다, 병신 새끼들아."

정지훈이 시시덕거리며 유치장을 나왔다.

면회실.

특수 유리를 사이에 두고 마주 앉은 쌍둥이 형제는 서로 상반된 표정을 짓고 있었다.

"형 얼굴이 많이 상했네."

"왜… 왜 네가 왔어? 정 변호사는?"

정지훈이 넋 나간 얼굴로 정시훈에게 물었다.

정시훈이 피식 웃었다.

"형의 그런 얼굴 보는 거… 난 처음인 것 같아."

"정 변은 어디 가고 네가 왔냐고!"

"정 변호사님 바쁘셔."

"뭐 이 새끼야?"

"아, 그거 알아? 지금 인터넷 기사에 형이 저지른 사건으로 난리도 아니야. 뉴스데스크에까지 떴어. 실검도 다 갈아치웠어, 형이. 진짜 대단해."

"…뭐?"

"간단하게 얘기할게. 뭐… 내 얼굴 본 순간부터 뭔가 잘못됐다는 걸 느꼈겠지만, 사실 이게 맞는 거지. 곪아 있다가 터질 게 터진 거야. 이거 아버지도 못 막아. 조직폭력배 사주해서 폭력 교사를 몇 건이나 했는데… 형 섣불리 빼내려고 했다가는 아버지 앞날에 지장 생겨."

"조직폭력배 같은 소리 하네. 나 아무것도 안 했어!"

"형한테 사주받은 놈이 그렇게 진술했다고 기사에 다 떴어. 형 음성 녹음된 파일까지 갖고 있던데 잡아뗀다고 될 일이 아니야."

"조작이라고, 새끼야!"

"후… 어린애도 아니고. 그만 칭얼대. 아, 그리고 형 학교는 옮겨야 할 것 같아."

그 소리에 정지훈의 눈에 한 가닥 희망이 깃들었다.

그가 샐쭉 웃으며 물었다.

"역시 아버지가 가만있을 리 없지! 학교 옮기는 게 대수냐. 어차피 나도 그 병신들이랑 같은 학교 다니기 싫었어. 어디로 옮기면 되는데?"

"교도소."

"…뭐?"

희망의 빛이 꺼졌다.

정지훈의 가슴에 묵지직한 쇳덩어리가 쿵 하고 내려앉았다.

"너 지금 무슨 소리를……."

"아아, 이 얘기를 안 했네. 나 형한테 진짜 고마워. 이번 사건 덕분에 아버지가 나한테 힘을 실어주시더라고."

정지훈의 얼굴이 분노와 절망으로 얼룩져 갔다.

'이렇게… 끝난다고? 내가?'

그 모습을 감상하던 정시훈이 넌지시 물었다.

"형 혹시 제페토라고 알아?"

"……."

정지훈이 떨리는 시선으로 정시훈을 노려봤다.

"몰라? 그럼 피노키오는 알지?"

"뭐 하자는 거야, 개새끼야!"

"그 피노키오를 만든 소목장이 제페토 할아버지야. 딱 형 같은 작자지."

"뭐라고?"

"언제나 배후에서 사람들의 감정을 가지고 조종하려 드는 형 같은 사람에게 어울리는 별명이란 생각 안 들어?"

"너… 너 이……!"

"잘 지내, 형. 죄질이 안 좋아서 학교에서 족히 몇 바퀴는 굴러야 할 거야. 거기서 나오면 필리핀에 좋은 자리 하나 마련해 둘 테니 너무 걱정은 하지 말고. 그럼 난 가볼게. 형 대신 처리해야 할 일들이 좀 많아서."

"야, 이 개새끼야!"

"면회 끝났어요."

"정시훈! 이 씨발 놈아! 야! 거기 서!"

정시훈은 쌍둥이 형의 처절한 외침을 비웃음으로 받아주고 면회실을 나섰다.

"정시훈! 개새끼야! 이럴 순 없어! 이게 말이 돼? 이건 아니야! 아니라고, 개새끼들아아아아아아!"

굳게 닫힌 면회실 너머로 정지훈의 절규하는 목소리가 흘러나왔다.

그렇게 사람들을 꼭두각시 인형처럼 조종하던 제페토는 비참한 최후를 맞았다.

Liking 33

인연. 그리고 인연

엠티의 하루는 빠르게 흘러갔다.

술자리는 늦은 밤을 지나 새벽이 다가올 때까지 계속해서 이어졌다.

그러다 모든 사람들이 눈을 감은 건 새벽 5시였다.

촬영팀은 전날 밤, 김두찬이 장기자랑으로 노래 부르는 장면을 담자마자 황성주 감독만 놔두고 방송국으로 향했다.

황성주 감독은 정지훈의 영상이 찍힌 메모리 카드를 내주고, 새 메모리 카드를 장착해 촬영을 계속했다.

다음 날, 모든 사람들이 기상을 한 시간은 이른 점심 즈음이었다.

그땐 이미 송하연과 주정군 피디도 방송국에서 차를 구해서 엠티 장소로 돌아와 있었다.

두 사람은 사람들과 함께 점심 준비를 하는 김두찬의 모습을 보며 속삭였다.

"근데… 생각했던 것보다 너무 그림이 없네."

"그러게요. 가장 역동적인 게 노래 부르는 거니까."

말을 하는 송하연의 머릿속에 술자리에서 소주병을 마이크 삼아 노래 부르던 김두찬의 모습이 떠올랐다.

그런데 영상으로만 접했을 때와는 그 음성에서 전해지는 감동이 비교도 안 될 만큼 달랐다.

노래를 듣는 순간 송하연의 호감도가 무려 12나 상승했으니 말 다했다.

"…사실 그것만 담아도 충분한 것 같아요."

"묘하게 동의하게 된다. 내가 노래 듣다 전율 와보기는 광석이 형 이후로 처음이다. 어떻게 저 나이에 그런 감성을 담지?"

"그러니까 타고나는 재능은 따라갈 수가 없는 거죠."

"에효, 이럴 때 보면 재능 있는 사람이 노력하는 사람 따라갈 수 없다는 말은 다 뻥 같다니까. 그나저나 우리가 느낀 걸 시청자도 느끼지는 못할 거란 말이야. 다른 그림이 필요해."

"음… 소설 연재하는 건 카타르시스는 있어도 역동적인 그림이 안 되고… 이걸 메인으로 가면서 중간중간 채워 넣어줄

꺼리가 필요한데."

그때였다.

점심 준비를 마치고서 이제 막 식사를 하려던 김두찬이 전화를 받았다.

"아, 미연 씨."

전화를 건 사람은 다름 아닌 정미연이었다.

"네. 네. 오늘요? 저 지금 대성린데. 오후 다섯 시면… 네. 괜찮을 것 같아요. 아, 그래요? 그래서 급하게 잡혔구나. 네. 스튜디오로 갈게요."

김두찬이 전화를 끊자마자 송하연이 물었다.

"두찬 씨, 어디서 전화 온 거예요?"

"아, 미연 씨… 아니, 뷰티미 대표한테서요."

"뷰티미? 거기 우리나라에서 월 매출 세 손가락 안에 드는 온라인 쇼핑몰이잖아요?"

"그래요?"

"몰랐어요?"

"네. 그런 얘기는 딱히 하지 않아서……."

"근데 거기서 왜 연락이?"

"아, 제가 거기랑 전속 계약을 했거든요. 피팅 모델로."

"두찬 씨 뷰티미에서 피팅 모델 일도 하셨어요? 왜 얘기 안 했어요?"

"경황이 없어서 깜빡했어요."

"그럼 오후에 촬영하러 가는 거예요?"

"네."

"나이스!"

주정군 피디가 손가락을 튕겼다.

그가 원하던 그림이, 그것도 기가 막힌 그림이 나올 것 같았다.

송하연과 주정군은 동시에 안도의 한숨을 내쉬었다.

김두찬은 그런 두 사람의 속도 모르고서 밥을 먹으며 상태창을 살피고 있었다.

'간접 호감도가 무섭게 쌓이네.'

현재 그의 간접 호감도는 2,000.

어제 최대치 1,000이 쌓이고 오늘 자정을 넘어서 지금까지 또다시 최대치가 적립됐다.

직접 호감도는 어제 얻은 것과 오늘 얻은 것 19를 합해 711이었다.

현재 김두찬이 얻은 능력들은 손재주(B), 소매치기(C), 기억력(C), 요리(A), 불취(S), 노래(B), 매혹(S), 박투(C), 스토리텔링(B), 치료(F), 지력(D)이었다.

간접 호감도는 S랭크엔 투자하지 못하고 매달 8일이 되면 사라져 버리니 너무 아낄 필요는 없었다.

김두찬이 간접 포인트를 투자할 만한 능력이 무엇이 있나 보고 있는데 누군가가 놀라 소리쳤다.

"대박! 정지훈 유치장에서 검찰 조사 받고 있대!"

"그걸 어떻게 알아?"

"기사 떴어!"

"헐, 진짜야."

"지금 포털 사이트 검색 순위 천일물산 관련 키워드로 도배 됐는데?"

"정지훈네 아버지가 천일물산 사장이라네? 과거에 조폭 출신이었대. 완전 소름이다."

"와, 그래서 그 인간 인성이 그 모양이었구나."

"천일물산 정철용 사장은 아들의 잘못을 인정하고 그에 응당한 법적 처분을 받게 할 것이라고 말했다는데?"

"근데 천일물산이 유명해?"

"그다지… 이제 막 덩치 불리려는 와중에 사건이 터진 것 같은데. 그것보다 전직 조폭 출신이 이런 식으로 새 출발 하는 거 보면 인맥이 장난 아니었을걸? 수중에 자금도 제법 있었을 테고."

"기사 보니까 정지훈 두들겨 팬 그 조폭이 다 자수했대."

"사건 사이즈가 커진 데다가 빼박 증거가 있으니 다행이지, 안 그랬으면 걔네 아버지가 인맥, 돈, 다 이용해서 무마시켰을 것 같다."

"하여튼 더러운 새끼들."

"죄질이 무거워서 아마 몇 년 썩을 거라는 얘기들도 많아."

"잘됐네! 나쁜 새끼."

학생들의 말을 들으며 김두찬은 스마트폰으로 인터넷 기사를 검색했다.

상황은 김두찬이 설계했던 그대로 완벽하게 흘러갔다.

'인과응보야.'

어찌 보면 한 인간의 인생을 시궁창으로 밀어 넣은 것이다. 하지만 미안한 마음은 조금도 들지 않았다. 그가 올바른 삶을 살았다면 이런 일도 없었을 것이다.

정지훈의 얘기를 안줏감 삼아 떠들다 보니 어느덧 점심 식사가 끝났다.

학생들은 뒷정리를 하고 나와 각자 편한 교통편을 이용해 해산하기로 했다.

그에 여학생들은 김두찬과 같은 방편으로 가려고 했으나 이번에도 송하연 때문에 그럴 수가 없었다.

"두찬 씨는 우리 차 타고 가요. 방송국에서 차 끌고 왔어요."

"그래주시면 감사하죠."

특히 누구보다 아쉬운 사람은 주로미였다.

'두찬이는 방송국 팀이랑 움직이겠구나.'

주로미는 아쉬운 마음을 표현도 못 하고서 두찬이에게 작별 인사를 건넸다.

"두찬아~ 그럼 잘 들어가고 월요일 날 봐~"

"아, 로미야. 잠깐만."

"응?"

주로미를 붙잡은 김두찬이 주정군 피디에게 물었다.

"주 피디님, 로미도 집이 잠실인데 같이 태워주면 안 될까요?"

"어⋯⋯?"

주로미가 놀라서 눈을 동그랗게 떴다.

"아, 그래요? 같이 가요, 그럼. 한 사람 더 태울 자리는 있으니까."

"아, 안 그래도 되는데⋯⋯."

주로미는 내심 기뻤지만 당황해서 머뭇거렸다.

이를 본 송하연이 피식 웃더니 다가와 주로미에게 귓속말을 했다.

"로미 학생, 사랑은 열매 같은 거야."

"네?"

"잘 익어서 떨어지기 전에 사다리를 타고 따와야 돼. 땅에 떨어지면 여기저기서 다 달려든다고. 무슨 말인지 알죠?"

송하연은 말미에 주로미의 등을 살포시 밀었다.

"앗."

등 떠밀린 주로미가 비틀거리며 촬영팀의 자동차로 다가갔다.

"그럼 우리 먼저 철수할게요! 월요일에 꼭 본방 사수 부탁드

럽니다!"

주정군 피디가 운전대를 잡고서 학생들에게 인사했다.

보조석에는 황성주 카메라 감독이, 뒷자리에는 송하연, 주로미, 김두찬이 나란히 앉았다.

학생들의 배웅을 받으며 촬영팀의 자동차가 떠나갔다.

빠르게 멀어지는 자동차를 보면서 몇몇 여자들이 아쉬움의 한숨을 내쉬었다.

*　　　　*　　　　*

주정군 피디는 주로미를 집까지 데려다주려다가 무슨 생각이 들었는지 넌지시 물었다.

"그런데 로미 양, 오늘 바빠요?"

"네?"

"약속 같은 거 있냐고."

"딱히 없어요."

"그럼 우리랑 같이 가면 어떨까요? 친구 피팅 뛰는 현장 구경하러 왔다는 콘셉트로."

"아… 그건 제가 정할 일이 아닌 것 같아요."

송하연이 그 말에 동의했다.

"그렇죠. 우선 그 회사 오너에게 여쭤봐야지. 그런데 허락만 해주면 같이 갈 마음은 있어요?"

주로미가 조금 전에 송하연이 속삭였던 말을 떠올렸다.

'사랑은 열매 같은 거야. 잘 익어서 떨어지기 전에 사다리를 타고 따와야 돼.'

그녀는 깊이 고민 않고 고개를 끄덕였다.

그에 송하연이 살짝 미소를 머금었다.

"내가 전화해 볼게요."

이미 송하연은 대성리에서 출발하는 순간 김두찬에게 정미연의 연락처를 알아낸 뒤 직접 전화해서 촬영 허가를 받아냈다.

정미연은 사업가다.

자신의 사업체가 방송을 타는데 거부할 이유가 없었다.

"네, 정 대표님. 아까 전화 드렸던 송 작가입니다. 허락을 구해야 될 일이 있어서 재차 연락드렸어요. 실은……."

송하연은 간략하게 자초지종을 설명했고 이번에도 정미연은 쉽게 수락해 줬다.

덕분에 촬영팀 모두의 얼굴이 밝아졌다.

"크으, 진짜 그림 된다. 그림 돼."

주정군 피디가 룸미러로 김두찬과 주로미의 얼굴을 보며 감탄했다.

"두 사람이 같이 카메라에 잡히면 시너지 효과가 어마어마하다니까. 그렇지 않냐, 황 감독?"

"예술입니다."

"점점 담을 거리가 풍부해지는구나!"

주정군 피디는 절로 콧노래가 나왔다.

"두찬 씨, 그런데 오늘은 어떤 콘셉트로 찍는대요?"

송하연이 물었다.

"음… 하절기에 가볍게 입을 수 있는 커플룩 촬영할 거래요."

"그럼 여자 모델도 오겠네요?"

"네. 여자 모델분은 이미 와 있는 모양이에요. 그리고 그분이 오늘 밖에 시간이 안 난다고 하는 바람에 저도 급하게 촬영이 잡힌 거구요."

"그렇구나. 근데 뜬금없지만 속 괜찮아요? 황 감독님 말 들어보니까 어제 술을 물처럼 마셨다던데."

"제가 술이 좀 세요."

그 말에는 주로미도 고개를 끄덕였다.

사실 그녀는 어제 분위기를 타는 바람에 과음을 했는데 김두찬의 숙취 해소 능력으로 멀쩡한 상태였다.

"그 얼굴에 그 키에 그 몸매에 노래도 잘하고 글도 잘 써, 술도 잘 마셔. 너무 사기 캐릭 아닌가?"

"어… 죄송합니다."

"풉, 농담한 거예요."

송하연이 웃으면서 김두찬의 어깨를 가볍게 툭 쳤다.

이를 본 주로미의 눈썹이 저도 모르게 꿈틀댔다.

송하연은 대번에 그것을 눈치채고 김두찬이 모르게 입 모양으로 말을 전했다.

'미안~'

주로미는 자기도 모르게 마음을 너무 드러내는 것 같아 부끄러워서 시선을 돌렸다.

그 모습이 송하연은 마냥 귀여웠다.

한편 룸미러로 그런 송하연의 모습을 간간이 훔쳐보던 주정군 피디가 입맛을 쩝 다셨다.

'거 유난히 두찬이한테만 친절하네? 나는 허구한 날 돌려까면서. 하여튼 잘나고 봐야지. 하이고~ 오늘따라 날은 또 왜 이리 좋냐? 노총각 주 피디가 노처녀 송 작가랑 데이트하고 싶다!'

자기 맘을 몰라주는 송하연이 야속한 주정군 피디였다.

그런 주정군 피디를 바라보고 있던 황성주 감독이 다 알겠다는 듯 씩 웃었다.

"뭐야? 왜 쪼개, 기분 더럽게?"

"아니에요."

"너는 사람 쳐다보고 웃지 마."

"왜요?"

"기분 나빠."

"그럼 형이 웃기게 생기지를 말든가."

"아니, 근데 이 자식이 요새 툭하면 기어오르네."

그때 송하연이 끼어들었다.

"에휴, 남자는 아무리 나이 들어도 애 아니면 개라더니."

"……"

"……"

송하연의 한마디에 두 남자의 입이 절로 다물어졌다.

이후로 목적지에 도착하기 전까지 두 사람은 한마디도 뱉지 않았다.

*　　　　*　　　　*

"어……?"

"두찬 씨, 일찍 왔네요."

정미연이 회사로 들어선 김두찬 일행을 반겼다.

한데 김두찬은 그녀의 인사를 받을 생각도 못 하고서 고개를 갸웃거렸다.

정미연의 뒤에 의외의 여인이 서 있었기 때문이다.

"설마……?"

김두찬이 혹시나 해서 여인을 가리키며 정미연에게 물었다.

정미연이 고개를 끄덕이며 대답했다.

"네. 두찬 씨랑 같이 촬영할 여자 모델이에요."

그 말에 김두찬은 물론이고 촬영팀, 게다가 주로미의 눈까지 크게 떠졌다.

"이게 어떻게 된 거예요?"

생각도 못 하고 있던 사람과 조우하게 된 김두찬이 다급히 물었다.

정미연이 그에 무슨 대답을 하기도 전, 뒤에 있던 여인이 반갑게 다가와 로미를 껴안았다.

"로미야~ 보고 싶었쪄~!"

"저, 정아야."

정미연이 말한 여자 모델은 다름 아닌 최연소 태권도 국가 대표 출신이자 금메달리스트 류정아였다.

김두찬에게는 그녀가 다른 정보보다 '친화력 만렙'으로 기억되어 있었다.

"너는 내가 먼저 연락 안 하면 평생 안 보고 살 거야? 응? 연락 좀 해!"

말미에 류정아가 주로미의 엉덩이를 가볍게 때렸다.

짝!

"꺅!"

주로미가 놀라서 엉덩이를 가렸다.

그녀의 얼굴이 붉어졌다.

류정아는 자기 손을 보고서 눈을 깜빡깜빡거리더니 씩 웃었다.

"어쩜, 보기보다 탱탱하네. 너 운동하지?"

"어? 그냥 집에서… 혼자 해."

"역시. 아무것도 안 하는 애가 이런 몸매를 갖고 있다는 게 이상하지. 혼자 하는 것치곤 제법 체계적으로 빡세게 하는 것 같은데?"

짝짝!

정미연이 박수를 쳤다.

"잡담은 그만. 우리 일해야죠? 시간은 금이니까."

"넵! 일해요, 귀여운 언니~~!"

류정아가 당장 정미연을 끌어안으려 했다.

그에 정미연이 눈을 지그시 감고서 한 손을 뻗어 류정아의 이마를 쭉 밀었다.

"윽."

"나 스킨십 별로 안 좋아한다고 말했던 것 같은데?"

"빈틈이 없네, 언니는. 하하!"

류정아가 시원하게 웃었다.

"그런데 어떻게 정아가 모델로 온 거예요? 둘이 아는 사이예요?"

김두찬이 물었다.

"우리나라에서 정아 씨 모르는 사람도 있을까요?"

정미연의 대답에 류정아가 김두찬을 손가락질했다.

"쟤는 몰랐대요."

그 말에 정미연은 어쩐지 이해된다는 시선을 김두찬에게 던졌다.

"조금 특이 케이스죠, 두찬 씨는. 아무튼 사적인 인연은 없었는데 두찬 씨가 연결 고리를 만들어줬었죠."

김두찬은 정미연에게 주로미의 스타일링을 부탁하며 류정아와 함께 그녀의 회사를 방문했었다.

정미연은 그때 처음 류정아를 실제로 봤고 내심 눈독을 들였었다.

시합을 하거나 스포츠 의류 CF를 찍었을 때도 나름 괜찮은 모델이라고 생각했는데 직접 보니까 더욱 탐이 났다.

그래서 기회를 노리다가 저번의 인연을 계기로 그녀의 에이전시에 연락을 취했다.

류정아는 정미연의 이름을 듣자 촬영 제의를 수락했다.

에이전시에서는 반대했지만, 류정아는 꼭 찍고 싶다며 자신의 의견을 강력히 피력했다.

정미연은 자신과 주로미의 사이를 다시 좁히는 데 톡톡한 역할을 해줬기 때문이다.

은혜를 받았으면 반드시 갚고자 하는 게 류정아였다.

그런데 남자 모델이 김두찬이라고 하니 더더욱 좋았다.

김두찬에게는 고마운 게 많은데도 한동안 CF 촬영으로 바빠서 연락을 못 했었다.

이번 기회에 얼굴 보며 고마운 마음을 전하고 싶었다.

"그럼 세트장으로 갈게요."

정미연이 걸음을 옮기려 할 때였다.

"정아 씨!"

"정아야!"

송하연과 주정군 피디가 동시에 류정아를 불렀다.

그제야 뒤늦게 두 사람을 인지한 류정아가 해맑게 미소 지으며 다가갔다.

그러고는 둘을 동시에 안았다.

"와아! 송 작가님! 주 피디님!"

"아니, 이게 무슨 일이야? 여기서 다 만나고!"

"그러니까요! 오늘 날인가 봐요. 내가 좋아하는 사람들이 다 모였어!"

"근데 정아 씨, 두찬 씨랑 아는 사이예요?"

"아는 사이 정도가 아니라 은인이에요, 은인!"

그 광경을 지켜보던 정미연이 짧게 한숨을 내쉬었다.

"다들 할 말이 많은 것 같은데 5분 내로 정리하고 세트장으로 들어오세요."

그녀가 먼저 자리를 피해줬다.

서로 얼싸안고 좋아하는 세 사람을 지켜보던 김두찬이 의아해하며 물었다.

"세 사람은 어떻게 아는 사이예요?"

"두찬 씨, 진주 찾기 1회에 우리가 취재한 사람이 정아 씨야."

송하연이 간단하게 대답했다.

"어? 그랬어요?"

주정군이 만면 가득 미소를 머금고 말했다.

"아무래도 1화는 좀 세야 하니까 에이전시에 연락해서 열심히 부탁했지. 사실 그때 정아 씨 한참 바쁠 때라서 에이전시는 부정적인 입장이었거든. 그런데 정아 씨 본인이 발 벗고 촬영하겠다고 나선 거야. 진짜 된 사람이다 싶었다니까."

"맞아요. 주 피디님은 본인 도와주면 된 사람이고 안 도와주면 벼락 맞을 놈이라 그러거든요."

송하연이 그런 주정군을 또 돌려 깠다.

이제는 하도 당해서 면역이 생긴 주정군은 크게 신경 쓰지 않았다.

"아무튼 정아야. 우리가 진짜 인연은 인연인가 보다. 근데 두찬 씨가 은인이라는 건 무슨 얘기야? 로미 씨랑은 어떻게 알고?"

"그러니까 그게요……."

류정아는 세 사람 사이에 있었던 일을 짧게 설명했다.

류정아의 얘기를 듣고 난 방송 관계자들의 호감도가 일제히 상승했다.

"아아, 그런 일이 있었구나."

"두찬 씨 진짜 인간적이다."

김두찬을 바라보는 송하연의 눈이 이제는 초롱초롱 빛났다.

그녀의 호감도는 63이었다.

"그렇죠? 나는 얘 단점이 오히려 외모라고 생각한다니까요. 너무 잘생겨서 다가가기 힘들 것 같잖아요. 속은 완전히 인정 많고 순수한 남잔데."

"맞아요, 인정해. 나도 두찬 씨 촬영한 지 이제 겨우 사흘쨌 데 저 외모에 난 척 않고 누구든 편견 없이 진심으로 대하는 모습이 참 맘에 든다니까."

"암! 아무리 외모가 잘나도 속이 개차반이면 빛 좋은 개살 구지. 그런 의미에서 우리 두찬 씨는 진국이야!"

"아, 가… 감사합니다."

갑자기 쏟아지는 칭찬 세례에 김두찬은 부끄러워 어쩔 줄을 몰라 했다.

한편 그런 김두찬을 바라보는 주로미는 저도 모르게 뿌듯함을 느꼈다.

그 시선을 류정아가 눈치챘다.

그녀는 빙그레 미소 짓고서는 주로미의 귀에 대고 나직이 속삭였다.

"파이팅, 내 친구!"

"응? 갑자기 뭐가?"

"네가 더 잘 알면서~"

그때였다.

세트장에서 도로 나온 정미연이 모두에게 선언했다.

"이미 5분 지났고 10분도 넘었네요. 당장 들어오지 않으면 오늘 촬영 접을게요."

"갈게요, 미연 씨!"

"언니~ 화내지 말아요."

김두찬과 류정아가 후다닥 세트장으로 들어섰다.

나머지 사람들이 그 뒤를 따랐다.

그리고 본격적인 촬영이 시작됐다.

*   *   *

'역시 능숙하네.'

김두찬은 류정아를 보면서 내심 놀라는 중이었다.

그녀는 카메라 감독 이현지의 요구대로 자연스럽게 포즈를 취했다. 표정까지 자유자재였다. 한데 전혀 어색함이 없었다.

CF를 여러 번 찍어본 사람은 뭐가 달라도 달랐다.

반대로 류정아를 비롯한 모든 사람은 김두찬을 보며 놀라고 있었다.

특히 촬영을 하는 이현지의 놀라움이 가장 컸다.

'이제 세 번째 촬영하는 사람 맞아?'

김두찬의 얼굴과 몸에서는 그새 어색함이 사라졌다.

프로의 수준에는 못 미치지만 고작 세 번째 촬영임을 감안한다면 놀라운 발전이었다.

그냥 서 있기만 해도 화보가 되는 인물인데, 연기력까지 가미되니 금상첨화였다.

이를 찍고 있는 진주 찾기 팀도 신이 났다.

"송 작가. 대박이다, 대박. 이 영상 두고두고 소장하는 애들 숱하게 나타나겠다. 방송사 다시 보기 다운로드 수에 일조하겠다."

"누가 요새 그런 걸로 봐요. 대부분 불법다운이지. 그리고 영상 전부 다 다운받는 애들도 없어요. 움짤이나 짤방 만들어서 퍼뜨리죠."

"움짤? 짤방? 그게 뭐야?"

"짤방. 짤림 방지용으로 의미 없는 사진을 올리는 거고요. 움짤. 움직이는 짤방을 뜻하는 거예요. 방송 관계자 맞아요?"

황성주 카메라 감독이 대번에 주 피디를 디스했다.

"아는 거 많아서 좋겠다, 인간아."

두 사람이 티격태격하는 사이 송하연은 속으로 쾌재를 불렀다.

'인터넷에서 난리 나겠네.'

김두찬의 짤방이나 움짤이 터지면 나비효과로 김두찬이 나온 프로그램 역시 인지도가 올라간다.

진주 찾기의 시청률을 터뜨리기에 아주 좋은 기회였다.

송하연은 서브 작가 두 명에게 방송 전파 타면 바로 김두찬의 짤방을 만들어 퍼뜨리라고 메시지를 보냈다.

한편 정미연은 김두찬과 류정아의 컬래버레이션을 만족스러운 시선으로 지켜보는 중이었다.

촬영 스태프인 심아현과 김유나는 그런 정미연의 얼굴을 보고서 내심 놀랐다.

어지간하면 냉혈마녀인 정미연에게서는 찾아보기 힘든 눈빛이었다.

그만큼 두 사람의 케미는 어마어마했다.

반면 그 광경을 지켜보는 주로미는 어쩐지 마음이 바싹바싹 타들어갔다.

'너무 잘 어울린다.'

커플 셔츠를 입고 사진을 찍는 두 사람은 마치 진짜 연인이 되기라도 한 듯 잘 어울렸다.

둘 다 비주얼만 놓고 보면 어디 가서 꿀리지 않는다.

그런데 화장에 예쁘고 멋진 옷에 조명까지 받아버리니 연예인이라도 되는 것 같았다.

왠지 모를 소외감에 주로미가 주눅 들어갈 때였다.

'뭔가 끌어올리는 김에 조금 더 끌어올렸으면 좋겠는데.'

두 모델을 보며 턱을 어루만지면서 고민하던 정미연의 시선이 주로미에게 향했다.

'그러고 보니……'

일전에 스타일링을 할 때도 느꼈지만 주로미는 몸매도 좋고 미모도 상급이다.

생긴 것만 놓고 따지자면 류정아보다 예뻤다.

아울러 류정아가 보이시한 매력이 강한 반면 주로미는 여성답고 청순했다.

하지만 가슴과 엉덩이가 탄력 있게 발달해서 옷만 잘 입히면 섹시함도 강조하기 좋았다.

섹시청순이라는 콘셉트를 만들기에 제격이었다.

정미연이 주로미를 불렀다.

"로미 씨."

"네?"

"촬영 한번 해보실래요?"

생각지도 못했던 제안이었다.

당황한 주로미가 손가락으로 자신을 가리키며 되물었다.

"저, 저요?"

"그럼 여기 로미라는 이름이 더 있나요? 있으시면 손."

"아, 근데 저는 모델 일 한 번도 안 해봤는데요."

"누구한테나 첫 경험이라는 건 있어요. 게다가 무료로 봉사해 달라는 것도 아니에요. 한 시간 정도만 타이트하게 찍고 15만 원 드릴게요. 어때요?"

시급 15만 원.

대단히 괜찮은 제안이었다.

하지만 문제는 돈이 아니었다.

주로미는 과연 자신이 제대로 촬영에 임할 수 있을지 걱정이었다.

"고민이 많아지면 용기가 사라져요. 그렇게 잘난 비주얼 계속 아끼다 똥 돼요. 써먹을 수 있을 때 써먹자고요."

무섭게 몰아치는 정미연을 보며 주정군 피디가 송하연을 슬쩍 바라봤다.

'어째 둘이 되게 닮았다.'

정미연은 직접 까고 송하연은 돌려 깐다.

그것만 빼면 거의 모든 사람에게 무뚝뚝하게 대하는 태도와 의표를 찌르는 날카로운 말투 등 비슷한 점이 상당히 많았다.

고민하던 주로미는 결국 촬영에 응했다.

"해볼게요."

"오케이, 파트너 체인지."

"탈의실로 모실게요~"

정미연의 디렉팅이 떨어지자마자 심아현이 다가와 주로미를 데리고 간이 탈의실로 향했다.

이윽고 옷을 갈아입은 뒤 화장에 헤어 세팅까지 마친 주로미의 모습에 한쪽에서 탄성이 쏟아졌다.

진주 찾기 팀의 남자들이었다.

"로미 사이즈가 저 정도였어?"

"장난 아니네요, 진짜."

그에 송하연이 한마디를 쏘아붙였다.

"댁들 첫사랑에 실패 안 했으면 딸삘이라는 생각 들지 않아요? 침 그만 흘려요."

"이건 그냥 순수한 아티스트로서의 감탄이야. 무안 주기는."

정미연은 주로미를 보고 매우 만족해했다.

김두찬의 옆에 그녀가 붙어 서니 더더욱 그림이 살았다.

"로미야, 잘해."

"두찬아, 나 너무 떨려."

"나도 처음엔 그랬어. 그냥 시키는 대로만 하면 돼."

"으응."

"자~ 슛 들어갈게요. 두 분 서로 바라보시고~ 두 손 마주 잡고, 사랑스럽게 바라볼게요."

김두찬과 주로미가 시키는 대로 움직였다.

서로를 마주 보고 손을 내밀어 맞잡았다.

'아.'

찌릿! 하고 주로미에게 전기가 흘렀다.

"좀 더 가까이 서주세요! 미소 짓고~ 사랑스럽게 바라본다!"

김두찬이 먼저 한 발 다가와 부드럽게 미소를 지었다.

가까이서 그 미소를 바라본 주로미의 가슴이 미친 듯이 뛰었다.

"웃어, 로미야."

김두찬의 묵직하면서도 낭랑한 음성이 주로미의 귓전을 간질였다.

그녀가 저도 모르게 행복한 미소를 지었다.

그 포인트를 놓치지 않고 이현지가 셔터를 눌러댔다.

찰칵! 찰칵! 찰칵! 찰칵!

"오케이! 다음 컷 갈게요!"

"수고했어, 로미야."

주로미는 대답도 못 한 채 가슴을 쓸어내리며 한숨을 내쉬었다.

방금 전의 그 미소는 정말로 위험했다.

완전히 정신을 놓아버릴 것만 같았다.

예전부터 살인 미소라는 말들 많이 썼지만 그게 가장 어울리는 사람은 단연코 김두찬이라는 생각이 들 정도였다.

한 시간은 빠르게 지나갔다.

주로미는 자신이 뭘 어떻게 하는지도 모르고서 촬영에 집중했다.

"오케이! 수고하셨습니다!"

모든 컷을 찍어낸 이현지가 촬영을 마무리했다.

"수고하셨습니다!"

스태프들이 박수를 치며 인사를 건넸고, 진주 찾기 팀도 마주 인사를 건넸다.

"로미야~ 고생했어! 진짜 잘한다. 프로 같아. 두찬이 너도 이제는 완전 모델 포스 작살이고."

류정아가 신이 나서 폭풍 칭찬을 해댔다.

그때 정미연이 세 사람에게 다가왔다.

"세 분 수고하셨어요. 옷 갈아입고 로비에서 봐요."

정미연이 모델들에게 간단히 얘기하고서 먼저 세트장을 나와 로비로 향했다.

그런데.

"미연 씨~ 오래간만이야."

로비에는 손님이 와 있었다.

성형 티가 팍팍 나는 얼굴에 온갖 명품과 값비싼 액세서리로 도배를 한 여인이었다.

그녀는 한국에서 최고의 매출을 자랑하는 온라인 쇼핑몰 오너 '제니 리'였다.

올해 서른을 코앞에 둔 그녀는 온라인 쇼핑몰 오너들의 모임 안에서도 악평이 자자했다.

댓글 알바들을 풀어 경쟁업체를 비방하고, 사람을 사서 악의적인 후기를 남기는 등등 못된 짓을 툭하면 일삼았다.

하지만 워낙에 돈이 많고 인맥이 짱짱해서 누구도 그녀를 함부로 대하지 못했다.

오히려 그 후광을 받아 콩고물이라도 주워 먹을 생각으로 친분을 다지려는 인간들이 넘쳐날 정도였다.

그러나 정미연은 달랐다.

단 한 번도 제니 리 앞에서 고개를 조아린 적이 없었다.

늘 떳떳하고 당당했다.

제니 리는 그게 마음에 들지 않았다.

해서 그녀가 할 수 있는 모든 더러운 수작으로 뷰티미를 경계했지만 절대로 무너지지 않았다.

오히려 뷰티미의 옷 퀄리티를 아는 구매자들이 옹호하고 나서기에 이를 정도였다.

이후 호시탐탐 정미연을 무너뜨릴 궁리를 하며 가끔씩 이렇게 찾아와 사람 속 뒤집어놓는 소리들을 늘어놓고 가곤 했다.

물론 정미연은 그런 것 신경도 쓰지 않았지만, 제니 리는 꾸준했다.

오늘도 마찬가지였다.

"정 대표~ 요새 모델들 잘 잡아서 매상이 부쩍 오른 것 같던데?"

"언제는 안 그랬나요? 왜 오셨어요? 시답잖은 소리나 할 요량이시면 조용히 커피 한 잔 드시고 그냥 가세요."

"어머나~ 나이도 어린 사람이 좀 잘나간다고 싸가지 앵꼬난 거 봐. 어른을 그렇게 대하면 어디 가서 좋은 소리 못 들어."

"제 인생이니까 오지랖은 거기까지 하는 걸로 하죠. 그리고 나이 많다고 다 어른 아니에요. 저는 어른 대접 해줄 만한 사람만 인정해요."

"정 대표 그러는 거 아니야."

"뭘요? 제 싸가지? 아니면 또 다른 거?"

"아무리 매출에 욕심이 나도 그렇지. 포샵은 정도껏 하자. 그런 식으로 모델들 얼굴이랑 비율 건드릴 거면 그냥 CG를 사용하지?"

"우리 쇼핑몰 CG 거의 없기로 유명한데 모르셨어요?"

"알지. 아니, 그런 줄로 알고 있었지. 그런데 이번에 보니까 그게 아니더라고. 너무 심했어. 새로 구한 모델 말이야. 그런 식으로 장난치면 옷 구매한 고객들이 욕해."

"이해를 못 하겠네요."

"모델을 뜯어 고치는데 옷이라고 덩달아 뜯어 고쳐지지 않겠어? 비율 조정하다 보면 원형도 바뀌고 그런다고. 얼굴은 뭐 그렇다 쳐. 그 미친 비율 어쩔 건데?"

"옷은 나오는 그대로 입힌 거고, 워낙 모델 비율이 좋아서 옷이 더 빛나 보이는 것뿐인데요. 아직 컴플레인 들어온 적 한 번도 없어요."

"나 참… 이래서 어린 나이에 돈 좀 만진 것들은 안 된다니까. 도움이 되는 얘기를 해줘도 들을 생각을 안 하니……."

그때였다.

"미연 씨, 많이 기다렸어요?"

김두찬과 주로미, 류정아가 옷을 갈아입고 동시에 로비로

나왔다.

순간 세 사람을 본 제니 리의 입이 벌어진 상태 그대로 굳었다.

"손님 오셨네요? 안녕하세요."

김두찬이 제니 리에게 인사를 건네며 서글서글하게 웃었다.

제니 리는 번개가 내리치는 듯한 충격을 받았다.

'저게… 사람이야, CG야?'

제니 리의 반응을 지켜보던 정미연이 팔짱을 끼고 고개를 삐딱하게 꺾은 뒤 물었다.

"그래서, 포샵질이 어쨌다고요?"

"아, 아니… 그게……."

"우리나라 최고의 온라인 쇼핑몰을 운영하신다는 사장님이 너무 세상일에 까막눈인 거 아니에요? 조금만 관심 갖고 새로운 모델 물색했다면 비현실 친오빠를 모를 리 없을 텐데."

"비현실 친오빠……?"

그게 뭔지 제니 리는 몰랐다.

정미연의 말대로 그녀는 요새 너무 거만해져 있었다.

어떻게 해도 물건이 잘 팔리니 저도 모르게 어깨와 목에 힘이 들어갔다.

거만은 곧 나태를 불러왔다.

제니 리가 고개를 갸웃거리면서도 김두찬에게서 시선을 떼지 못했다.

마침 진주 찾기 촬영팀이 따라붙어 김두찬을 찍었다.

제니 리가 카메라에 붙어 있는 KBC 마크를 확인하고서 정미연에게 물었다.

"방송국에서 촬영을 왔나 보네?"

"KBC에서 우리 모델 촬영하겠다고 와서요. 월요일에 방송이라니까 꼭 본방 사수 부탁드릴게요."

그 말에 황성주 감독이 제니 리에게 앵글을 돌렸다.

그러자 제니 리가 황급히 고개를 돌리며 소리쳤다.

"찍지 마!"

"찍지 마? 거 초면인데 어디서 반말입니까, 반말이!"

제니 리의 무례함에 노한 주정군 피디가 고함을 빽 질렀다.

다른 건 몰라도 목청 하나는 타의 추종을 불허하는 사람이다.

그에 기함을 한 제니 리가 붉게 달아오른 얼굴로 뒤도 안 돌아본 채 건물을 나섰다.

이를 본 정미연이 평소에 볼 수 없는 짙은 미소를 머금고 모두에게 말했다.

"나이스, 우리 팀. 그리고 두찬 씨."

"네?"

"보너스 챙겨줄게요."

"…네?"

자기가 왜 보너스를 받아야 하는지 알 수 없는 김두찬이었
다.

Liking 34
세 개의 생명

"고생 많으셨어요. 다들 조심히 들어가세요."

정미연이 문 앞에서 인사를 건넸다.

피팅 촬영을 마치고서 회사 건물을 나서는 지금, 정미연의 호감도는 82였다.

김두찬의 주변에서 가장 호감도가 적게 올라가는 사람이 바로 정미연이었다.

해서 이런저런 도움을 주고 같이 일을 하면서도 그녀의 호감도는 겨우 70 언저리까지밖에 올라가지 않았었다.

한데 오늘은 무려 82까지 호감도가 솟구쳤다.

제니 리를 엿 먹인 것에 기분이 좋아졌기 때문이다.

그러나 김두찬은 갑자기 오른 호감도의 원인이 무언지 알지 못해 그저 아리송할 뿐이었다.

주로미는 정미연에게 약속대로 일당 15만 원을 지급받았다.

잠깐 일하고 이런 큰돈을 쥐어보는 건 처음이었다. 기분이 좋은 한편, 자신이 너무 날로 먹는 건 아닌가 하는 생각도 들었다.

"다음에도 기회 되면 불러줘요, 언니."

정미연이 발랄하게 손을 흔들며 말했다.

"반응 좋으면 에이전시 통해서 연락할게요. 그럼."

정미연은 사람들이 문 앞에서 해산하기도 전에 건물 안으로 들어가 버렸다.

그때 검은색 밴 한 대가 사람들 앞에 와서 섰다.

뒷문이 열리고 아직 앳되어 보이는 여인 한 명이 내리더니 류정아에게 다가왔다.

"정아 씨, 고생했어요. 어서 타요."

그녀는 류정아의 매니저였다.

"네, 매니저 언니."

생긴 건 류정아보다 훨씬 동안이었다.

교복만 입혀놓으면 중학생으로도 보일 법한 외모였다.

한데 류정아가 언니라고 부르니 위화감이 일었다.

"그럼 저 먼저 가볼게요~ 송 작가님, 주 피디님, 오늘 진짜 반가웠어요! 로미야, 두찬아, 연락할게~! 담에 소주 한잔

하자!"

류정아는 빠르게 인사를 하며 모든 사람들을 포옹해 주고 난 뒤 밴에 올라탔다.

부아앙~

밴이 떠나고 난 뒤 주정군이 주로미에게 뜬금없는 말을 건넸다.

"그러고 보니 로미 씨도 주씨였네?"

"네! 제가 먼저 말씀 드리려고 했는데 타이밍을 못 잡았어요."

"어디 주씨야? 신안? 철원?"

"신안이요."

"아, 그래? 난 철원인데. 쪼끔 안타깝네."

"피디님. 로미 씨랑 자꾸 연결 고리 만들려 하지 말고 그만 가시죠?"

"혹시나 물어본 거지 꼭 말을 그렇게 한다, 송 작가는? 아무튼 잘 들어가, 로미 양."

"네. 오늘 감사했습니다."

"우리가 감사했죠. 두 분 서로 인사하고 헤어지는 장면 카메라로 딸게요."

송하연의 말에 김두찬과 주로미는 작별 인사를 나누는 연기를 하고서 헤어졌다.

"우리도 이제 가봐야죠?"

"네? 어디를요?"

"두찬 씨 집이요. 글 각색하고 업로드하는 장면 촬영해야죠."

"아아, 깜빡했어요. 네, 그렇게 해요."

"자자, 서둘러서 출발하자고!"

주정군 피디가 이동을 서둘렀다.

＊　　　　＊　　　　＊

타타탁! 타탁!

김두찬은 열심히 타자를 두드렸다.

그 장면을 황성수 감독이 카메라에 담았다.

이제 각색하는 장면은 충분히 들어갔다 판단되어 주정군 피디가 촬영을 멈추려던 때였다.

똑똑.

누군가 김두찬의 방문을 두들겼다.

부모님은 아직 일터에서 돌아오지 않았고, 이 시간에 집에 있는 건 김두리가 유일했다.

"두리니?"

"응. 들어가도 돼, 오빠?"

김두리의 목소리를 듣는 순간 김두찬의 손발이 동시에 오그라들었다.

평소답지 않게 사근사근한 데다가 나긋나긋한 음성에는 무려 조신함까지 담겨 있었다.

'얘가 왜 이래?'

김두찬이 당황한 것을 애써 숨기며 대답했다.

"무슨 일인데?"

"무슨 일이긴. 우리 오빠 고생하니까 과일이라도 깎아왔지."

으아아아! 목소리가 간드러진다! 온몸에 닭살이 돋은 거 아니야? 대패가 필요해!

김두찬은 소리 없이 절규했다.

"그, 그래. 들어와."

허락이 떨어지자 평소였으면 발로 뻥 찼을 문을 손으로 다소곳이 밀고 들어온다.

그런데…….

'얼굴이 왜 저래!'

평소 김두찬이 알던 김두리의 얼굴이 아니었다.

얼굴에 분칠을 가득 했는데 어디서 화장 기술을 배운 건지 몰라도 이건 화장이 아니라 경극 수준이었다.

그냥 맨얼굴이 훨씬 예쁜데 저게 진짜 왜 저러나 싶었다.

만약 못생겨지고 싶어서 화장을 한 거라면 대성공이다.

게다가 옷은 일전에 백화점에서 산 걸 꺼내 입었다.

'집 안에서 저 옷은 뭐 하러 걸친 거야?'

옷뿐만이 아니다.

자기가 가지고 있는 액세서리 중 가장 예쁜 것들을 골라 풀 장착했다.

김두리가 조심조심 다가와 사과가 담긴 쟁반을 책상 위에 내려놓았다.

그것을 찍던 황성주 감독은 순간 웃음보가 터질 뻔한 걸 가까스로 참았다.

카메라 앵글이 들썩이는 와중 주정군 피디는 아랫입술을 깨물며 시선을 돌렸고 송하연은 천장을 무섭게 노려봤다.

모두 김두리가 깎은 사과 하나 때문에 벌어진 일이었다.

어떻게 깎으면 사과 한 알이 엄지 여섯 개를 늘어놓은 것처럼 작아질 수가 있는 건지 기이했다.

만약 웃기기 위해 사과를 깎았다면 그 역시 대성공이었다.

사과를 보고 어이가 나가 버린 김두찬을 제외한 나머지 세 사람은 웃음을 참기 위해 필사적이었으니까.

사태 파악을 못 하는 건 오로지 김두리뿐이었다.

'안 하던 짓을 하니까 이 모양이지.'

김두찬이 속으로 혀를 찼다.

"오빠, 사과 좀 먹으면서 해. 그러다 몸 상할라."

김두리가 조신한 음성으로 말을 하며 살짝 미소 지었다.

우와아아아아아아!

김두찬은 고함을 지를 뻔했다.

겨우 인내하고서 김두리를 바라보니 그녀 역시 남모르게

주먹을 쥐고 부들부들 떨고 있었다.

'저 녀석 참고 있어.'

카메라 앞이라서 어떻게든 여자다운 척했지만 김두리 본인 역시 스스로의 모습이 견디기 힘들었다.

김두찬은 이 상황을 빨리 받아들이고 정리하는 게 정답이라고 여겼다.

"그래, 두리야. 고마워. 잘 먹을게."

'이제 그만 나가 주겠니?'라는 뜻이었다.

"응~ 근데 무슨 과제 하는 거야? 어제부터 되게 열심이던데."

그런 거 물어보지 말고 당장 나가줘!

김두찬은 속마음을 감추고서 친절히 대답했다.

"말해줘도 어려워서 모를 거야."

"어머나! 내가 방해했나 봐. 미안해, 오빠. 그럼 파이팅!"

김두리가 주먹을 불끈 쥐고서 양팔을 가슴께에 모아 위아래로 살짝 흔드는 귀여운 파이팅 자세를 취한 뒤 방을 나갔다.

그제야 김두찬은 겨우 한숨 돌렸고 주정군 피디가 황성주 감독에게 커트 신호를 보냈다.

황성주 감독이 녹화를 중단하자마자 세 사람은 미친 듯이 웃어댔다.

"푸하하하하하! 두찬 씨! 여동생이 물건이네, 물건이야!"

"크흐흐흐! 웃음 참느라 카메라 흔들려서 죽을 뻔했네."

"아하하하하! 나 이런 사과 처음 보는 거 있지."

하나같이 김두리의 돌발 행동에 즐거워했다.

"그 녀석이 안 하던 행동하려니까 그래요. 화장은 또 왜 그렇게 떡칠을 해서는."

"왜? 난 귀엽던데. 요즘 애들답지 않게 좀 순수한 것 같달까? 남매가 그런 건 똑 닮았나 봐."

"음……."

김두찬은 할 말이 궁해져서 머리만 벅벅 긁었다.

"근데 가족들은 두찬 씨가 소설 쓰는 거 모르는 모양이네?"

주정군 피디가 물었다.

"네. 아직 알리지 않았어요. 부끄러워서."

"아, 그래요? 그럼 이렇게 하자! 어차피 이 정도 반응이면 몇 군데서 계약 제의 왔죠?"

"네."

"2주 뒤에 그 출판사 중 한 곳과 계약을 하고, 이 사실을 가족에게 알리면서 끝내는 거야. 어때요?"

송하연이 고개를 끄덕였다.

"좋은 의견 같은데요. 두찬 씨, 괜찮겠어요?"

"네? 계약……."

김두찬에게는 꿈만 같은 얘기였지만 이제는 현실이 되었다. 그가 망설일 이유는 추호도 없었다.

"네, 좋아요. 그렇게 해요."

"오케이! 그럼 잡담은 그만! 이제 글 업로드하는 장면 따자고. 스탠바이."

잠시 중단됐던 촬영이 다시 이어졌다.

＊　　　＊　　　＊

집 안에서 필요한 모든 촬영을 마친 뒤 촬영팀이 돌아갔다.

김두찬이 촬영팀을 배웅하고서 집에 들어서는 순간이었다.

화장실에서 화장을 지우고 나오던 김두리와 눈이 마주쳤다.

"꺄아아아악! 오늘은 아무 말도 하지 말아줘!"

김두리는 얼굴을 가리고서 자기 방으로 들어가 문을 잠가버렸다.

"그래… 현명한 생각이다, 내 동생."

김두찬도 얼른 방으로 들어가 다시 집필을 시작했다.

그들은 그날 밤, 아무도 방 밖으로 나오지 않았다.

＊　　　＊　　　＊

일요일 아침.

김두찬은 눈을 뜨자마자 상태창의 간접 포인트를 확인하고서 만면 가득 미소 지었다.

'3,000.'

노래 부르는 동영상 두 개에 SNS를 활성화하고 피팅 모델 사진까지 업로드되니, 이제 하룻밤 사이 간접 호감도 최대치는 무진장 쉽게 올라갔다.

"음… 슬슬 뭔가 능력치를 올리긴 해야 할 것 같은데."

김두찬이 어떤 능력치에 투자하는 것이 좋을까 고민하고 있을 때였다.

[퀘스트 발동 — 세 개의 생명을 구하세요.]

"어라? 퀘스트?"

갑자기 눈앞에 퀘스트가 떠올랐다.

김두찬은 다섯 개의 퀘스트를 클리어하면 그 이상 다른 퀘스트는 나오지 않을 것이라 생각했다.

그런데 새로운 퀘스트가 나타났다.

'혹시……?'

김두찬이 오른쪽 손등을 바라봤다. 거기엔 다시 다섯 조각 난 텅 빈 하트가 나타나 있었다.

—또다시 퀘스트가 시작되었네요. 축하드려요, 두찬 님~

'로나, 이번에도 하트를 모두 채우면 좋은 특전을 받는 거야?'

―당연하죠. 노력엔 그만한 대가가 따르는 법이랍니다.

'이번 특전이 무엇인지는… 역시 비밀이겠지?'

―빙고! 이젠 잘 아시네요?

'흠.'

김두찬이 첫 번째 하트를 완성하고 얻은 특전은 간접 호감도의 최대치 증가와 정보의 눈이었다.

정보의 눈은 아직 사용할 기회가 없어서 못 하고 있었지만 상당한 도움이 되는 능력임에는 확실했다.

물론 호감도 80 이상이 되어야 상대방의 모든 정보를 오픈할 수 있다는 제약이 따르지만 그게 어디인가?

그나저나 김두찬은 퀘스트 내용을 살펴보고 미간을 찌푸렸다.

[퀘스트: 세 개의 생명을 살려라. 0/3]

느닷없이 세 개의 생명을 살리라니.

퀘스트의 레벨이 갑자기 너무 높아진 거 아닌가 싶었다.

하지만 가만 생각해 보니 '세 명'의 생명을 살리라고 한 건 아니었다.

'그렇다는 건 사람이든 동물이든 식물이든 다 해당된다는 거 아냐?'

―맞아요. 하지만 죽을 위기에 처한 생명을 살려야 유효랍

니다. 그리고 멀쩡한 생명을 일부러 죽이려다 살리는 행위는 무효 처리된답니다.

'아… 그렇지. 너무 어려운데. 내 주변에 그런 위기를 겪는 생명들이 많은 것도 아니고.'

—제한 시간은 없으니 천천히 해결해 나가도 된답니다.

'흠, 그렇네. 조급해할 필요는 없으니까.'

김두찬은 무거운 마음을 털어버렸다.

사실 죽음의 위기에 처한 생명들은 시간을 좀 들이면 어떻게든 찾을 수 있을 터였다.

특히 이 동네는 길냥이들이 많았다.

때문에 이래저래 객사하는 녀석들이 부지기수였다.

두 달 전에도 김두찬은 길거리 위에서 차에 치여 죽어가던 길냥이를 발견했었다.

당시엔 살릴 방도가 없을 것 같아 그냥 지나쳤지만, 지금은 그런 녀석들을 살려주어야겠다고 마음먹었다.

'그렇다면 치료에 포인트를 투자해 볼까?'

치료의 현재 레벨은 F. 효과는 하루에 한 번, 찰과상이나 타박상 이하의 전신 상처를 말끔히 치료하는 것이다. 이 효과는 자신에게만 사용이 가능하다.

그러나 만약 S랭크를 찍게 되면 어떤 특전을 얻게 될지 모르는 일이다.

김두찬이 익힌 능력들은 늘 S랭크를 찍을 때 상상도 못 했던 특전을 주고는 했다.

때문에 치료의 특전은 혹, 남을 치유할 수 있는 능력이 아닐까 싶었다.

꼭 그것이 아니더라도 이건 김두찬에게 좋은 능력이었다.

해서 우선 1,500 간접 포인트를 투자하려는데.

―지이이이잉.

스마트폰이 몸을 떨며 문자가 왔음을 알렸다.

"누구지? 이 시간에."

아침부터 자신을 찾을 만한 사람이 없었기에 김두찬은 스팸이겠거니 생각하고 문자를 확인했다.

하나 그런 그의 생각은 완전히 빗나갔다.

처음 보는 번호로 온 문자의 첫줄은 이런 내용으로 시작하고 있었다.

―안녕하세요, 김두찬 님. 저는 대한민국 최고의 연예 기획사 플레이 인의 캐스팅 매니저 소지원이라고 합니다.

"플레이… 인?"

플레이 인은 정미연의 아버지 정태산이 대표로 앉아 있는 연예 기획사였다.

Liking 35

능력이 전부가 아니다

김두찬은 메시지를 열어 전문을 읽어봤다.

―갑작스러우시겠지만 김두찬 님과 좋은 인연을 맺고자 실례를 무릅쓰고 연락을 드리게 되었습니다. 플레이 인은 한국 3대 연예 기획사 중 하나로 수많은 스타와 아이돌 그룹을 배출해 낸 것은 물론, 모든 소속 아티스트들을 세계로 뻗어나갈 수 있게 전폭적인 지원을 아끼지 않고 있습니다.

그 이후로는 자회사에 대한 체계적인 교육 방식부터 얼마나 뛰어난 선생들을 보유하고 있는지 어필하며 아주 좋은 파트너가 되어줄 수 있으니 한 번 만나볼 기회라도 달라는 내용이었다.

아울러 김두찬에 대한 칭찬도 빼놓지 않았다.

비현실 친오빠 동영상 애기부터 뷰티미 사이트에 올라온 사진들을 언급하며 회사의 모든 간부들이 김두찬의 팬이나 다름없다는 말을 첨언해 놓았다.

"미연 씨의 말대로잖아."

정말로 연예 기획사에서 연락이 왔다.

게다가 한국 3대 기획사 중 한 곳인 플레이 인에서.

아직 방송을 타기도 전인데 이런 상황이라면 방송을 타고 난 다음엔 여기저기서 러브콜이 쇄도할 게 분명했다.

"플레이 인이라……."

누구나 한 번은 혹할 만한 곳이었지만 김두찬에게는 그보다 먼저 해야 할 일이 있었다.

몽중인의 연재였다.

한 번 스타트를 끊은 이상 하루에 두 편을 올리면 올릴지언정 쉬어버리는 건 되도록 지양해야 한다.

게다가 김두찬은 이 글을 계약할 생각이다.

아무리 스토리텔링 능력이 높다고 해도 걸어본 적 없는 길을 갈 때는 무슨 변수가 생길지 모르는 일.

작가가 되기 위해 이런저런 경험이 필요하다 하지만 우선 하나부터 확실히 해놓지 않으면 두 마리 토끼를 다 놓치게 될 수도 있다.

'거절해야겠다.'

김두찬은 다음을 기약하고 거절 문자를 보내기로 마음먹었다.

그런데.

'어떻게 보내야 하나.'

이런 경우는 처음이라 답장을 어떤 식으로 보내야 할지 고민이었다.

생각에 생각을 거듭한 김두찬의 손이 어느 순간 빠르게 액정을 터치했다.

*   *   *

띵동.

"왔다!"

플레이 인 회의실에는 이사급 임원 두 명과 캐스팅 매니저 소지원이 함께 앉아 있었다.

소지원은 김두찬에게 답장이 오는 순간 크게 소리쳤다.

임원들의 눈이 일제히 소지원의 스마트폰으로 향했다.

한데 다급히 답 문자를 확인하는 소지원의 표정이 기이하게 구겨졌다.

"왜 그래?"

임원 한 명이 묻자, 그가 김두찬에게서 온 답장을 보여주었다.

거기엔 이렇게 적혀 있었다.

—정말 감사합니다. 그런데 제가 좀 바빠서요. 다음에 기회 되면 뵙겠습니다!

"…뭐야, 이 사람?"

"푸하하하하하하!"

임원 한 명은 넋이 나갔고 다른 한 명은 폭소를 터뜨렸다.

소지원이 다시 한번 문자를 확인하고서는 고개를 절레절레 저었다.

"보통 놈이 아니야."

오래간만에 전투 의지가 불타오르는 소지원이었다.

*   *   *

김두찬은 소지원에게 답 문자를 보낸 뒤 치료의 랭크를 올리려던 것도 잊어버린 채 심각한 얼굴로 컴퓨터 모니터를 보고 있었다.

"이게… 왜?"

그는 자신의 글에 달린 댓글들을 읽는 중이었다.

그런데 2화까지는 호평 일색이었던 댓글들이 어제 올린 3화부터 조금씩 다른 방향으로 가기 시작했다.

레버넌트: 으음… 확실히 스토리텔링은 좋은데 뭔가 부족한 이 느낌적인 느낌. =_=;;

사막여우: 동감. 상당히 잘 쓴 글인 건 맞는데… 뭔가 2퍼센트 부족한 것 같네요.

창천의 왕: 근데 이상하네요. 이 정도로 이야기를 끌어가는 힘이 있는 분이 중간중간 띄어쓰기랑 받침이 틀린 게 있어요. 한 화에 한두 개 정도지만 은근 신경 쓰이네.

태광냐: 음… 일단은 흡인력이 있으니 믿고 따라가 봅니다.

4화에 달린 댓글들은 더했다.

호평 반, 악평 반이었다.

개중에는 노골적으로 작품을 비난하는 이들까지 보였다.

숨은그림찾기: 난 개인적으로 필력도 썩 좋은 것 같지 않네요.

바다표BOMB: 전형적인 단편 몇 작품 끄적이다가 장편 쓰려니까 제 풀에 지치는 케이스.

로우션: 다들 1, 2화에서는 어마어마하게 칭찬을 해줘서 딴지 걸면 역적 될까 봐 가만있었는데 사실 거품만 가득해 보임. 이만 하차.

러브어겐: 단편을 무리하게 장편으로 늘리다 보니 식상한 클리셰를 이것 저것 가져와 떡칠한 느낌.

댓글을 읽는 김두찬의 시선이 덜덜 떨려왔다.

"왜… 왜 이러는 거지?"

어제까지만 해도 김두찬은 스스로의 글에 자신이 있었다.

스토리텔링 능력을 B까지 올렸으니 끝내주는 글이 나오고 있으며 그것을 독자들이 대부분 좋아해 줄 것이라 믿었다.

1, 2화 때까지는 분명히 그랬다.

한데 어제 3화를 올리고, 자정이 넘어 4화까지 올린 뒤 잠든 다음부터 상황은 변했다.

글이 흥미롭지 않은 건 아니었다.

스토리를 끌고 가는 힘도 있었다.

그러나 1, 2화에서 드러나지 않았던 문제점이 3, 4화에서 갑자기 드러나기 시작했다.

그가 스토리텔링의 랭크 업으로 얻게 된 특전은 이야기를 구성해서 재미있게 배치하고, 극적인 요소를 가미해 힘 있게 끌어가는 것과 관련된 것이었다.

하지만 참신한 소재를 잡아낸다거나 맛깔난 문장력을 구사할 수 있는 능력은 상대적으로 빈약했다.

아니, 냉정하게 말해서 헐벗은 수준이었다.

건물로 비유하자면 탄탄한 철근으로 골격만 세워 놓은 상태인 것이다.

그것은 완성된 것이라 할 수 없었다.

어떤 사람이 그런 건물에 살 수 있겠는가?

글을 읽는 독자들 역시 마찬가지였다.

처음 시공을 들어갈 때에는 어마어마한 규모의 부지와 높게 쌓아올린 철근만 보고 박수를 쳤다.

그러나 거기서 더 이상 진전되지 않는 공사에 등을 돌리는 건 당연한 일이었다.

하지만 가장 큰 문제는 김두찬 스스로 자기의 문제가 무엇인지 모른다는 점이었다.

그는 얼마 전까지만 해도 작가의 꿈을 가지고 있는 청년이었지, 작가가 아니었다.

실전에서 쌓은 경험이 전무하니 이런 상황에서 어떻게 대처해야 하는지 알 수 없었다.

만약 노련한 작가였다면 즉각 문제의 본질을 파악하고 글을 수정해서 다시 올렸을 것이다.

'어떻게 해야 하지?'

김두찬은 빠르게 달리는 댓글들을 계속해서 확인했다.

이제는 독자들끼리 김두찬의 글을 옹호하는 쪽과, 비판하는 쪽이 갈려 배틀을 벌이고 있었다.

마음 같아서는 당장 중재하고 싶었지만, 섣불리 나섰다가는 사태만 악화시키게 될지도 몰랐다.

한데 그때였다.

띵동.

한동안 잠잠하던 메시지함이 반짝였다.

김두찬이 무슨 정신에서인지 몰라도 메시지함을 열었다.

거기에는 새로운 편지 한 통이 도착해 있었다.

그런데 보낸 이가 다름 아닌 서태휘, 채소다였다.

'소다 누나?'

김두찬은 메시지를 확인했다.

—안녕하세요 김두찬 작가님. 서태휘입니다. 우선 사죄의 말씀부터 드릴게요. 제가 몽중인에 그렇게 설레발 떠는 댓글을 달지만 않았어도 결과적으로 이런 사태는 일어나지 않았을 테니까요. 입 다물고 조용히 보기나 할걸. 괜히 손가락 놀려서 화제 집중만 시켜 버렸네요. 두찬 작가님께서는 신인이신 것 같은데, 갑자기 쏟아진 지나친 관심에 중압감을 이기지 못하고서 너무 무리를 하게 된 게 아닐까 싶어요. 그래서 말인데… 도움이 될지는 모르겠지만 제가 커다란 문제점 몇 가지를 짚어봤어요.

이후로는 그녀가 느끼는 문제점들에 대해 열거가 되어 있었다.

채소다는 날카롭게 지적을 하면서도 결코 예의 없게 느껴지는 선을 넘지는 않았다.

사람이라는 존재는 본래 누군가 자신의 것을 비판하면 기분부터 상하기 마련이다.

한데 채소다의 글을 읽는 동안 김두찬은 자신의 문제가 무엇인지만 명확히 인지했을 뿐 기분은 조금도 상하지 않았다.

"이런 문제들이 있었구나. 전혀 생각도 못 했어. 그리고……."

채소다가 새삼 대단한 작가라는 걸 느꼈다.

그녀의 필력은 김두찬에게 조언을 해주는 메시지 안에서도 빛을 발하고 있었다.

어떻게 적어나가면 상대의 기분을 배려하면서 날카로운 조언을 던질 수 있는 것인지 놀라울 따름이었다.

"아무튼 다시 한번 천천히 곱씹어 보자."

김두찬은 채소다의 메시지를 열 번, 스무 번 읽으면서 몽중인을 검토했다.

그러자 비로소 그녀가 무엇을 말하는 건지 기본은 알 수 있을 것 같았다.

문제는.

'아직도 이해가 부족해. 그나마도 머리로 이해한 게 전부야. 당장은 내 실력으로 이 문제들을 해결할 수 없어.'

어느 순간부터 김두찬은 작가를 꿈꾼다고 하면서도 편향된 독서에만 집중했다.

더 문제인 건 여유 시간이 날 때 독서보다는 게임이나 애니메이션 감상 등 다른 데에 더 시간을 투자했다는 것이다.

물론 그런 데에서도 좋은 아이디어를 얻을 수 있다.

하지만 독서량이 부족해서야 읽는 것만으로 즐거워지는 맛깔난 문장력을 구사할 수가 없다.

게다가 편향된 건 독서 취향뿐만 아니라 그가 보는 애니메이션과 영화, 즐겨하는 게임 모두가 마찬가지였다.

김두찬은 스스로 재미를 느끼는 것에만 시선을 두었다.

그 외의 것은 쳐다보지도 않았다.

알면서 사용하지 않는 것과 몰라서 못 하는 건 다르다.

한 가지 더.

아무리 취향에 맞지 않는 것들이라도 그 안에서 배울 게 적어도 한 가지는 있는 법이다.

김두찬은 근 몇 년간 너무나 중요한 것을 놓치고 있었다.

한데 그 상태에서 스토리텔링 능력만 믿고 글을 써나가니 이런 사태가 벌어지는 건 당연한 일이었다.

'그럼… 어떻게 해야 할까. 우선 3, 4화만 수정을 해? 아니면 연재 중단을 하고 리메이크에 들어갈까?'

김두찬이 고민을 하고 있을 때 다시 채소다에게서 메시지가 날아왔다.

—김두찬 작가님. 작가님의 글에는 분명 문제점이 많지만, 그렇다고 나쁜 작품이라는 건 아니에요. 그러니까 혹시 지금 글을 접을까 생각하고 계신다면 절대 그러지 마세요. 이 바닥 작가분들 댓글에 휘둘리다 멘탈 나가서 절필하는 경우 부지기수예요. 그런데 저는 작가님 같은 인재가 그런 길을 걸어서는 안 된다고 생각합니다. 그러니까 2, 3일 휴식기를 가지고 글을 수정해서 다시 올려보는 방향으로 해보세요. 단, 이번 글은 다섯 권, 일곱 권 되

는 장편으로 가지 말고, 단권으로 끝내는 게 어떨까 싶어요. 장편을 집필하기에는 아직 역량과 경험이 부족해 보이네요. 마지막으로 한 번 더 부탁드릴게요. 제 도움이 필요하시면 언제든지 쪽지 보내세요. 물심양면 도와드릴 테니 제발 절필하는 일이 없었으면 합니다. 건투를 빌어요.

쪽지는 그렇게 끝이 났다.

김두찬은 한동안 멍해 있다가 얼른 채소다에게 고마운 마음을 담아 장문의 답 메시지를 보냈다.

그러고 나서 몽중인의 시놉시스를 단권 사이즈에 맞게 재구성해 나갔다.

그러면서 머릿속으로는 나태했던 자기 자신을 계속 다그쳤다.

'너무 안일했어. 작가가 되는 게 꿈이라고? 거만한 소리 하고 있네, 김두찬.'

타타탁! 타타타탁!

손가락 열 개가 타자 위를 날아다녔다.

시놉을 재구성하다 보니 세 시간이 훌쩍 흘러갔다.

기존의 구성에서 없어도 되는 부분, 조금이라도 다른 소설에서 나왔던 장면과 유사성이 있다 싶은 부분은 전부 걷어냈다.

최대한 심플하게, 단편에서 전하고자 했던 주제의 무게를 심화하는 한편, 너무 무거워지지 않도록 재미 요소를 양념처럼 조금만 곁들였다.

그 무렵, 진주 찾기 팀이 김두찬을 찾아왔다.

그들도 사태의 심각성을 잘 알고 있었다.

때문에 김두찬에게 이러니저러니 말을 걸지 않고 그가 고군분투하는 모습을 조용히 카메라에 담아냈다.

김두찬은 시놉시스를 수정한 뒤, 환상서에 올라온 1위부터 30위 권 내의 모든 글들을 전부 찾아 읽었다.

전에는 서태휘와 몇몇 작가들의 글만 편식했었다.

이제는 그러한 습관을 버렸다.

김두찬은 결국 뜬눈으로 밤을 샜다.

그래도 글줄깨나 읽어본 경험이 있어 정독하는 속도가 남들보다 빨랐다.

해가 떠오르고 점심나절이 되어갈 때, 김두찬은 30위권 내의 소설을 전부 섭렵했다.

그러자 서서히 감이 잡혔다.

'애초에 내가 집어넣었던 클리셰들과 장치들은 전부 필요하지 않았어.'

김두찬은 그것을 맛깔난 문장으로 버무릴 능력이 되지 않는다.

역량을 넘어선 장치들은 글에서 어색하게 따로 논다. 곧 제 살을 갉아먹을 뿐이다.

하나 채소다의 조언을 들어 단권 분량으로 글을 줄였으니 필요 없는 군더더기가 다 잘려 나갔다.

이제는 김두찬의 역량 안에서 해나갈 수 있는 작업이 됐다.

"후우."

눈이 벌겋게 충혈된 그가 허기도 잊고서 다시 타자를 두들겼다.

타타탁! 타타타타탁!

진주 찾기 촬영팀은 여전히 침묵 속에서 그런 김두찬의 모습을 앵글에 담으며 응원을 보냈다.

＊   ＊   ＊

시간은 빠르게 흘러 달이 해를 밀어냈다.

온 세상에 어둠이 내렸다.

오후 10시.

김두찬은 게시판에 올라온 4화분의 연재 글을 싹 지우고 새롭게 집필한 4화 분량을 재업로드했다.

그것을 가장 먼저 읽은 사람은 역시나 채소다였다.

빠르게 4화를 읽어나간 채소다는 근래 한 번도 느껴보지 못했던 카타르시스를 경험했다.

그것은 다른 독자들 역시 마찬가지였다.

김센스: 이거… 같은 작가가 쓴 거 맞냐?

백치: 조루 작가인 줄 알았는데, 아니었네?

아로나민디: 김두찬 작가가 부활했다! @0@

추종의 덫: 내가 뭐라 그랬냐? 이 작가 금방 정신 차리고 돌아온다 그랬지?

게리: 우와 씨바… 저번 글 재미있게 보다가 ㅈㄴ 실망해서 깔려고 들어왔는데 이건 깔 수가 없네.

TK_LOVE: 미친 거 아님? 어떻게 하루 만에 이렇게 됨?

김두찬이 새로 올린 연재 글엔 하나같이 대호평들만 가득했다.

그에 따라 조회 수와 추천 수도 미친 듯 올라갔다.

작가로서의 본질이 무언지에 대해 고민하고 노력한 김두찬이 완벽한 부활과 시작의 신호탄을 쏘아 올렸다.

*　　　　*　　　　*

한바탕 태풍이 지나가고 난 다음.

화요일 자정을 앞두고 있는 시간이었다.

사태가 완전히 진화되고 산들바람이 땀을 식혀준 난 다음에야 김두찬은 비로소 정신이 돌아왔다.

촬영팀이 자신을 촬영하고 있었다는 것도 그제야 인지했다.

"어? 여러분 언제… 오셨어요?"

"응? 무슨 소리 하는 거야. 두찬 씨 어제 우리 보고 인사했잖아. 오늘 방송 날인 거 잊었어?"

주정군 피디가 어처구니없다는 듯 말했다.

"네?"

"어제 밤새 찍고 오늘 편집실에 필름 넘겨서 편집하는 거지켜보고 다시 여기 온 거야, 나는. 송 작가랑 황 감독은 계속있었고."

"그랬어요?"

"그래. 인사만 하고 바쁘게 집필하기에 조용히 기다렸지. 근데 설마 자기가 나오는 진주 찾기 첫 방까지 무시할 줄은 몰랐네."

주정군 피디의 음성에 서운함이 담겼다.

"어… 죄송해요. 전혀 기억이 안 나요. 그럼 오늘 월요일이라는 거예요?"

"응."

"큰일 났다. 저… 강의 통째로 다 빼먹었어요."

김두찬이 입을 쩍 벌렸다.

주정군이 그런 김두찬의 어깨를 탁탁 두들겼다.

"괜찮아, 괜찮아. 하루 정도는 크게 지장 없어. 그보다 지금글 되살린 게 더욱 큰 터닝 포인트였다고. 그런데… 정말 하나도 기억이 안 나?"

"네… 글이랑 씨름한 것 말고는… 하루가 지난 것도 몰랐어요."

"허허? 완전히 무아지경이었나 보네."

특이한 상황이긴 하지만 이해 못 할 것도 아니었다.

한 가지 일에 빠져 주변의 모든 것들과 단절되는 경험은 방송가 사람들도 종종 겪는다.

약속된 방송 시간까지 편집된 영상을 넘겨주지 않으면 방송 펑크라는 대형 사고로 이어지는 게 그들의 일상이다.

하지만 매주 아이디어를 내고 로케이션 헌팅에 출연자 섭외, 촬영, 편집까지 해야 하는 게 쉬운 일이 아니다.

때문에 피곤과 집중을 달고 산다.

시간이 촉박한데 아직 완성된 영상이 없을 때 더욱 그 피곤과 집중은 올라간다.

특히 방송 당일이 되면 편집부의 경우 어떻게든 영상을 넘겨야 한다는 일념에 아무것도 보이지도 들리지도 않는다.

오로지 영상을 편집하는 데 전력을 다한다.

그렇다 보니 스마트폰은 장식이 되고 자료를 찾아 방송국 복도를 달리다가 아는 얼굴이 인사를 해도 저도 모르게 무시하는 경우가 생긴다.

이번에 김두찬이 그랬다.

그 시작은 글에 달리는 비판 글과 악플들을 보면서였다.

이후 채소다의 쪽지를 받으면서 어떻게든 작품을 수정해야겠다는 생각에 빠져들었다.

그렇게 작품을 뜯어고치고 업로드를 한 뒤, 우호적인 반응을 보고 난 후에야 김두찬은 현실로 돌아올 수 있었다.

"우리 서브 작가 중에 유 작이 그래요. 뭐에 빠지면 지가 말해놓고 몰라. '저녁 뭐 먹을까?' 하고서 몇 마디나 주고받았는데 새까맣게 기억 못 하고 그러거든."

"아… 저는 이런 경우가 처음이라 얼떨떨하네요."

주정군 피디가 모니터를 한참 보다가 말했다.

"그런데 댓글 반응이 좋네?"

"아, 네. 다행히."

"이대로 글 접어버리는 건 아닌가 얼마나 걱정했다고."

"제 욕심이 너무 컸나 봐요."

그 말에는 송하연이 고개를 저었다.

"아니야. 그렇다기보다는 경험치의 부재라고 봐요. 하드웨어는 어마어마한데 소프트웨어가 약한 느낌이랄까."

하드웨어라는 말을 듣자마자 김두찬은 스토리텔링 능력이 떠올랐다.

'그러고 보니 너무 정신이 없어서 포인트를 투자할 생각도 못 했어.'

통렬한 팩트 폭행 댓글들에 워낙 경황이 없어 멘탈이 흔들리다 못해 산산조각 날 상황에 이르니 거기까지 생각이 닿지 않았던 김두찬이었다.

현재 스토리텔링의 랭크는 B였다.

김두찬에게는 간접 포인트가 충분히 모여 있으니 스토리텔링을 A까지 업그레이드시키는 게 가능했다.

'만약 A로 업그레이드했다면 지금처럼 상황을 역전시킬 수 있었을까?'

그때 로나가 말을 걸어왔다.

―그렇지 않답니다, 두찬 님.

'응? 그렇지 않다고?'

―네. 스토리텔링은 어디까지나 두찬 님이 알고 있는 것 내에서 힘을 발휘할 수 있는 능력이랍니다.

'하지만 내 상상력으로 집필되는 글 같은 경우는…….'

―그 상상력 역시 두찬 님의 머릿속에서 나오는 것이죠. 두찬 님의 머리 안에는 경험하지 못한 지식까지 담겨 있나요?

'그건 아니지.'

―그렇죠. 때문에 두찬 님이 키우지 못한 문장력이라거나 누구도 생각하지 못한 참신한 소재 같은 건 스토리텔링으로도 해결할 수가 없답니다. 일견 새로워 보이는 글을 적어나가도 그것 역시 한정된 정보 속에서 나온 것이기 때문에 이야기가 진행되어지다 보면 결국에는 식상해진답니다. 즉, 아는 게 많아야 그것들을 총망라해서 처음부터 끝까지 신선할 수 있는 소재를 잡을 수 있는 거랍니다.

모방은 창조의 어머니라고 했다.

결국 이제 완전히 새로운 것은 나오지 않는다.

기존의 것에서 얼마나 신선하게 재창조하느냐가 중요하다.

하지만 그러기에는 김두찬의 머릿속에 든 정보들은 너무 편

협했다.

'결국 내가 노력을 해야 한다는 얘기네.'

―지금으로서는 그렇죠. 하지만 글에 관련된 또 다른 능력을 얻게 된다면 포인트를 투자하는 것으로 발전이 가능해진답니다.

'질문이 하나 있는데 지금 내가 문장력이 아예 없는 건 아닐 거 아냐.'

―그렇죠.

'근데 만약 문장력이라는 능력을 얻었다고 해봐. 그럼 그 능력의 등급은 F겠지?'

―그것도 그렇죠.

'그럼 내 문장력은 지금보다 낮아지는 거야?'

―포인트만 투자하면 쉽게 늘어나는데 그 정도 페널티는 감수해야겠죠?

하기야 700포인트만 투자해도 F랭크에서 C랭크로 업그레이드된다.

패널티라고 하지만 그렇게 크게 부담이 되는 것도 아니다.

김두찬은 간접 포인트를 살폈다.

하룻밤이 더 지나는 동안 1,000포인트가 추가 적립됐다.

'총 4,000포인트.'

김두찬이 스스로의 문제점을 깨달은 지금, 스토리텔링이 업그레이드된다면 더욱 좋은 시너지 효과를 낼 터였다.

김두찬이 간접 포인트 1,600을 스토리텔링에 투자했다.

[스토리텔링의 랭크가 A로 업그레이드됐습니다. 랭크 업 특전이 주어집니다. 스토리를 구상하는 속도가 빨라집니다. 장편소설 집필 시 중복된 전개를 피하게 됩니다.]

'터졌다.'

김두찬이 속으로 쾌재를 불렀다.

스토리를 구상하는 속도가 빨라진다는 건 그만큼 집필 속도가 빨라진다는 말과 일맥상통한다.

보통 작가들이 글을 집필할 때, 타자를 두들기는 시간보다 생각하는 시간이 더 길어지는 경우가 대부분이다.

그래서 엉덩이로 글을 쓴다는 말이 있을 정도다.

김두찬은 작가가 아니기에 이런 사실까지는 몰랐다.

하지만 스토리를 짜는 데 시간을 얼마나 많이 잡아먹는지에 대해서는 잘 알고 있었다.

단편을 몇 편 집필하면서 직접 겪어본 경험이 있었으니 말이다.

때문에 이건 보통 좋은 특전이 아니었다.

게다가 두 번째 특전, 중복된 전개를 피하게 된다는 것도 땡큐였다.

"두찬 씨, 괜찮아요?"

로나와 대화를 하고 포인트를 투자하느라 멍하니 있던 김두 찬을 송하연이 불렀다.

"아? 네. 괜찮아요."

"많이 피곤한가 보네. 조금 쉬는 게 어때요? 하룻밤을 꼴딱 샜으니 정신없을 텐데."

"네, 오늘은 그러는 게 좋을 것 같아요. 한데… 방송 잘 나 왔어요? 제가 글에 신경 쓰느라 하루를 통으로 날려 먹었는 데……."

그 말에 송하연이 픽 웃었다.

"이제야 물어보는 거예요? 서운해라."

"…죄송합니다."

"장난이에요. 무슨 말을 못 하겠다니까, 두찬 씨한테는."

"그래서 방송은요? 잘 나왔어요? 반응 어때요?"

그 물음에 촬영팀 세 사람 모두 기분 좋은 미소를 머금었다.

주정군 피디가 엄지를 척 치켜 올렸다.

"아주 좋아!"

"정말요?"

"응. 아마 두찬 씨 동생은 지금 물어보고 싶은 게 산더미라 난리가 났을걸?"

"두리가 왜요?"

"방송 본 모양이거든. 학교에서 돌아오자마자 두찬 씨 방으 로 뛰어들어 왔었는데, 말 걸어도 상대 안 해주니까 그냥 나가더라고."

"정말이에요? 그 녀석 목청이면 내가 아무리 다른 일에 빠져 있어도 모를 리가 없을 텐데. 게다가 그냥 나간 것도……."

말이 안 된다고 하려던 김두찬이 입을 닫았다.

사실 김두리는 저런 상황에서 그냥 나가기는커녕, 자기 무시하냐고 머리끄덩이를 쥐어뜯을 애다.

하지만 그런 말을 해봤자 자기 얼굴에 침 뱉는 꼴이니 꾹 참았다.

"카메라 의식하는지 조신하던걸요? 나갈 때는 오빠한테 방해되는 모양이라고, 미안하다면서 뒷걸음질 쳐서 나갔고요."

"우와……."

감탄이 나오지 않을 수 없는 대목이었다.

카메라 파워가 세긴 셌다.

이것으로 김두리는 국민적인 호감 여동생이 될지도 모르는 일이다.

그때였다.

똑똑.

노크 소리와 함께 김두리의 음성이 들렸다.

"오빠, 들어가도 돼?"

호랑이도 제 말 하면 온다더니.

"응. 괜찮아."

그때부터 촬영팀은 입을 다물고서 두 남매를 카메라에 담았다.

김두리가 방 안으로 들어왔다.

"방송 잘 봤어, 오빠. 근데… 오빠 소설 썼던 거야?"

"응."

"왜 말 안 했어?"

입은 웃고 있는데 눈이 웃고 있지 않았다.

"아직 그 정도로 대단한 건 아니니까."

"방송 보니까 대단하지 않은 게 아니던데?"

김두리는 하고 싶은 말고, 따지고 싶은 것도 많았지만 다 참아 넘기고서 가장 궁금했던 걸 물었다.

"근데… 글은 어떻게 되고 있어? 방송에서는 오빠가 개작사… 아니, 완전히 악평을 잔뜩 받고서 충격받은 얼굴로 끝이 났거든."

그 말에 김두찬이 속으로 고개를 끄덕였다.

'그 포인트에서 끊었구나. 확실히 궁금증을 유도해서 다음 주에도 방송을 보게 하기 만들기에는 딱 좋은 지점이야.'

그것은 송하연 작가의 아이디어였다.

주정군 피디는 김두찬이 밤새 글을 읽고 심기일전하는 장면에서 끊자고 했다.

하지만 송하연은 도전을 다시 하는지, 이대로 무너지는지 알 수 없는 지점에서 끊어버리는 게 더 궁금할 거라는 의견을 피력했다.

결국 송하연이 이겼고, 방송 후의 반응은 폭발적이었다.

다른 프로그램에 비해 늘 조용하던 시청자 게시판엔 지금까지 새 글이 300개 넘게 달리는 중이었다.

그게 다 비현실 친오빠 김두찬의 힘이었다.

"아, 그건……."

김두찬이 김두리에게 대답을 하려 할 때였다.

"아들!"

"우리 장남 자고 있니?"

식당에서 돌아온 심현미와 김승진이 김두찬의 방으로 우당탕 뛰어 들어왔다.

그러고서는 속사포처럼 동시에 말을 쏟아냈다.

"우리 장남, 맘고생 심했지? 근데 언제부터 글을 집필하고 있었던 거야?"

"아들~ 화면발 잘 받더라? 역시 내가 잘 만들어서 내놨지. 근데 글은 어떻게 됐어? 궁금해서 일이 손에 잡히지 않지 뭐니. 전화해 보고 싶은데 손님들이 오죽 몰려들어야지."

결국 가족들이 다 모인 자리에서 김두찬은 지금까지의 자초지종을 전부 풀어놓았다.

*　　　*　　　*

촬영팀이 돌아가고 난 이후.

가족들마저 잠이 들자 김두찬은 비로소 혼자만의 시간을 가질 수 있었다.

그는 계속해서 연재한 글에 달린 댓글들을 확인했다.

저번과 달리 좋은 얘기들만 가득했다.

비로소 한결 마음이 놓인 김두찬이 KBC 홈페이지에 접속했다.

그리고 오늘 방송한 진주 찾기를 다시 보기로 시청했다.

모니터에 자신의 모습이 나오니 뭔가 어색하고 부끄러웠다. 하지만 싫지는 않았다.

김두찬은 괜히 마음이 간질거려 키득거리면서 영상을 보고 난 뒤, 시청자 게시판에 들렸다.

거기엔 김두찬과 관계된 이야기들이 도배가 되고 있었다.

지금도 몇 분 간격으로 계속해서 새 글이 올라왔다.

'장난 아니네.'

김두찬이 홈페이지 창을 닫고 포털 사이트를 켰다.

촬영팀이 떠날 때 송하연 작가가 비현실 친오빠를 검색해보라고 일렀기 때문이다.

엄청난 짤방들이 여기저기 퍼지고 있으니 감상 잘하라는 말도 덧붙였다.

해서 김두찬은 비현실 친오빠를 검색하려고 했다.

그런데.

"어?"

사이트 인기 실검을 본 김두찬은 놀라 입을 쩍 벌리고 말았다.

김두찬. 김두찬 SNS. 비현실 친오빠. 넥스트. 무반주 버스킹. 뷰티미 피팅 모델. 태평예술대학. 김두리. 이상한 여동생 등으로 실검이 도배가 되어 있었다.

김두찬이 무심코 비현실 친오빠를 클릭했다.

그러자 그와 관련된 블로그, 카페 글들이 주르륵 검색되어 나타났다.

심지어 짤막한 인터넷 기사들도 제법 있었다.

그게 끝이 아니었다.

"비현실 친오빠 김두찬… 팬클럽?"

작은 팬클럽까지 만들어졌다.

회원 수는 1천 명이 조금 안 되는 수준이었다.

"말도 안 돼."

김두찬이 낮게 중얼거렸다.

진주 찾기는 김두찬의 유명세에 날개를 달아주었다.

Liking 36
첫 번째 생명

5월 16일, 화요일 아침.

오늘은 절대 강의에 빠지지 않으리라 다짐한 김두찬은 전날 자정이 되기 전에 잠이 들었다.

알람이 울리기도 전에 눈을 떠보니 아직 7시도 안 된 시간.

하지만 부모님은 벌써부터 잠자리를 털고 일어나 일 나갈 준비로 분주했다.

가게 종목을 바꾼 다음부터는 몰려드는 손님으로 인해 준비해야 할 일이 전에 비해 많아져서 부지런을 떨어야 했다.

김두찬은 상태창을 열어 간접 포인트를 확인했다.

어제 방송의 여파로 간접 포인트는 여전히 무섭게 올라가고 있었다.

잠자고 일어나니 1,000포인트가 또다시 적립되어 총 3,400포인트가 모였다.

제법 많은 간접 포인트를 보니 괜히 배가 부른 것 같은 포만감이 들었다. 김두찬은 그것을 어디에 투자하지 않고 일단 아껴두기로 했다.

요의를 느낀 김두찬이 거실로 나가자마자 김치에 콩나물국 하나 놓고 간단히 아침을 들던 부모님의 얼굴에 미소가 번졌다.

"우리 인기 스타가 일찍 일어났네?"

"이제 여기저기서 알아볼 텐데 사인은 만들어뒀니?"

"아유, 그런 거 아니에요."

김두찬은 부끄러워서 얼른 화장실로 들어가 급한 일을 해결했다.

"으음… 여전히 이 녀석에게는 적응이 안 된단 말이야."

물론 아직까지도 바뀌어 버린 자신의 모습에 완벽히 적응이 된 건 아니다.

그래도 어색함은 없었다.

한데 소변을 보거나 샤워할 때만 만나게 되는 그 녀석(?)에게는 아직까지 위화감이 들었다.

마치 내 거 인 듯, 내 거 아닌, 내 거 같은 그런 느낌이었다.

김두찬은 들어온 김에 샤워까지 하고 밖으로 나왔다.

이미 부모님은 일을 나간 이후였다.

식탁에는 소시지 부침과 계란말이, 그리고 심현미의 메모가 놓여 있었다.

―밥이랑 콩나물국은 떠먹으면 된다. 밥 꼭 먹고 가라~

두 분이서 드시던 것보다 반찬이 두 가지 늘었다.

본인들은 김치에 국 하나로 끼니를 때웠지만 자식들한테는 그래도 씹을 거리를 더 마련해 주고 싶은 것이 부모 마음이었다.

비록 어제 먹다 남은 걸 전자레인지에 돌려 내놓은 것이지만 그게 어딘가.

김두찬은 김두리를 깨웠다.

눈을 비비며 비척비척 걸어 나온 김두리가 화장실로 들어갔다.

동생이 씻고 나올 동안 김두찬은 글 한 편을 더 연재하기 위해 컴퓨터를 켰다.

현재 몽중인의 비축분은 두 화 정도가 있었다.

'오늘 하나를 올리면 남는 비축분은 하나. 학교 가기 전에 조금 쓰고 갔다 와서 또 써야겠다.'

김두찬이 시놉시스를 화수별로 나눠 보니 25화 정도를 연재하면 소설이 완결될 듯했다.

김두찬이 5화를 올리고서 비축분을 만들기 위해 글을 써내려 갔다.

타타타탁!

그의 손이 신나게 키보드 위를 날아다녔다.

이야기를 이어가야겠다고 생각하는 순간 머릿속에서 그가 만들어놓은 시놉시스에 살이 붙었다.

그것은 그대로 손을 타고 흘러나와 모니터에 입력됐다.

생각이 막힘없이 흐르니 타자를 두들기는 속도가 어마어마하게 향상됐다.

김두찬은 40분 정도가 흐르는 동안 4,000자가 넘는 분량의 글을 써냈다.

10분에 1,000자씩 두들긴 셈이다.

"후… 이 정도만 할까?"

4,000자 분량의 글을 7화로 올리기로 했다.

분량도 적당했고 내용도 다음 화가 궁금해지기에 좋은 지점이었다.

김두찬이 초고를 빠르게 읽어나갔다.

그리고 오타와 비문, 조금 부족한 내용들을 교정한 뒤, 글을 저장하고서 컴퓨터를 껐다.

"이제 더 이상은 실패하지 않아."

작게 뇌까리며 독서를 생활화하겠다고 마음먹은 김두찬이었다.

그때 김두리가 방 안으로 들어왔다.

"오빠! 밥 안 먹어?"

"응?"

"몇 번을 불렀는데!"

"그랬어?"

"빨리 나와."

"응, 그래."

두 남매는 식탁에 마주 보고 앉아 식사를 시작했다.

"그런데 오빠."

"응?"

"오빠가 쓰는 소설 있잖아. 몽중인. 그거 대박이더라."

"왜?"

"아니, 어젯밤부터 계속 연락 와. 친구들한테. 그 소설 자기들도 읽었다고. 존… 아니, 대박 재밌대."

"그래?"

"언제 오빠 좀 소개시켜 달라는 애들도 있었는데, 내 선에서 전부 커트했어."

"왜?"

"다 여자야. 그년들은 오빠 소설 재미있다는 건 핑계고 오빠를 만나서 어떻게 한번 해보고 싶은 거거든. 하여튼 어린 것들이 발랑 까져서는."

김두리가 혀를 차며 고개를 절레절레 저었다.

이를 본 김두찬이 피식 웃었다.

그리고 잘 자라준 여동생이 내심 고마웠다.

김두리는 허파에 바람이 조금 든 것과 어떤 면에서 과하게 순진한 걸 빼면 구김 없이 바른 아이다.

'아니… 거기에 오빠를 필요 이상으로 무시했던 것 추가.'

아무튼 힘든 집안 환경에서도 잘못된 길로 빠지지 않고 자라준 것이 새삼 기특했다.

김두찬이 열심히 떠들어대는 김두리를 가만히 바라보고 있자니 그녀가 무언가 떠오른 듯 갑자기 스마트폰을 빠르게 터치하며 화제를 전환했다.

"아, 그리고! 나 도저히 이해 못 할 메시지를 계속 받고 있어."

"무슨 메시지?"

"이상한 여동생이 뭐야?"

"…어?"

김두리가 스마트폰을 김두찬의 얼굴에 들이밀었다.

거기엔 단체 메시지방의 대화가 캡처되어 있었다.

보연이: 이상한 여동생ㅋㅋㅋㅋㅋㅋㅋㅋㅋㅋㅋㅋ

정후: ㅋㅋㅋㅋㅋㅋㅋㅋㅋㅋㅋㅋㅋㅋ이상한 김두리ㅋㅋ

꽃재민: 그냥 가식적이기만 하면 욕먹을 텐데 저건 그냥 정신이 나간 사람 아니냐ㅋㅋㅋㅋㅋㅋㅋ 무슨 경극 화장을 하고 외출용 원피스를 입어 집에서ㅋㅋㅋㅋㅋ

소울지영: 나 어제 조퇴했자나ㅋㅋ 근데 끙끙 앓다가 저거 보고 개뿜ㅋ ㅋㅋ 중환자실 입원해야 아닌가 싶을 정도로 상태 진짜 심각했는데 미친년 처럼 웃으니까 아빠가 놀라서 주기도문 외우고 엄마가 꾀병 부린 거 아니 냐고 대가리 때림.

수연이: 누운 자가 일어서는 기적!!! 이상한 여동생 덕이다ㅋㅋ

미애: 이 방 왜 이렇게 지저분해졌어! 다 김두리 때문이다. 때려도 돼?

"푸훗!"

결국 김두찬은 입에 머금고 있던 콩나물국을 뿜어버렸다.

"으앗! 왜 이래, 지저분하게!"

"두리야, 넌 인터넷 검색 같은 것도 안하니?"

"어제 피부 관리하다가 잠들었단 말이야. 이제 나도 방송 탔으니까 관리해야 하지 않겠어?"

김두찬은 결국 환상에 빠져 있는 김두리에게 사건의 전말 을 전부 알려줬다.

그에 김두리는 얼굴이 새빨갛게 달아올라서는 이제 학교 어떻게 가느냐고 난리를 치다가 밥을 두 공기나 먹고 기분 좋 아져서 가벼운 걸음으로 집을 나섰다.

김두리가 나가고 난 뒤, 김두찬은 환상서에 접속했다.

이번에는 무료 연재가 아닌 잘나가는 유료 연재 글들을 1위 부터 5위까지 전부 섭렵하기로 했다.

유료 연재의 경우 많은 편수가 연재된 글도 있어서 무료 연재 글처럼 한 번에 서른 작품씩 읽는 건 힘들었다.

"두찬 씨~! 집에 있어요?"

정신없이 환상서의 글들을 헤집고 다니는데 송하연의 목소리가 들려왔다.

등교할 시간에 맞춰 촬영팀이 집을 방문한 것이다.

"아, 네!"

대답을 하며 나가보니 이미 촬영팀은 거실 안으로 들어와 있었다. 김두찬네 집은 전자식 도어가 아니었다. 때문에 잠가 놓지 않으면 쉽게 들어올 수 있었다.

"전화도 안 받고 메시지도 확인을 안 해서 허락 없이 들어왔어요."

송하연이 무단 침입을 하게 된 경위를 설명했다.

"아, 제가 또 정신없이 몰입했나 봐요."

"오늘은 두찬 씨 일상 찍는 느낌으로 가볍게 가볼게요. 집을 나와 등교하는 모습부터. 괜찮죠?"

"네."

김두찬은 바쁘게 컴퓨터를 끄고서 촬영팀과 함께 집을 나섰다.

＊　　　　＊　　　　＊

버스를 타고 잠실역에 도착해 지하철로 갈아타면서도 김두찬은 소설 읽는 걸 멈추지 않았다.

스마트폰으로 환상서에 접속해 여러 글을 탐독했다.

황성주 감독은 그 모습을 열심히 카메라에 담았다.

삼성동에 도착해 지하철에서 내려서는 스마트폰을 주머니에 넣었다.

아무리 소설이 좋아도 움직이거나 이동할 때 한눈을 파는 건 선호하지 않는 김두찬이었다.

빠른 걸음으로 보도블록을 밟아나가 넓은 횡단보도에 다다랐다.

학교에 가려면 횡단보도를 건너야 했다.

그런데 초록 불이 깜빡거리면서 12라는 숫자가 나타났다.

신호가 바뀌기 직전인 것이다.

오늘 출발이 늦은 데다 버스까지 지연되는 바람에 조금 촉박한 상황이었다.

김두찬은 그대로 뛰었다.

적당히 달리면 충분히 넘어갈 수 있는 시간이었다.

황성주 카메라 감독도 김두찬을 따라 달렸다.

빠르게 횡단보도를 건너가는데 저 앞 사거리 모퉁이에서 꺾어져 나오는 바이크 한 대가 보였다.

뒤에 커다란 통이 달린 배달 바이크였다.

급하게 어딘가로 배달을 가는 모양이었다. 한데 문제는.

"어어어어!"

바이크의 진행 경로에 할아버지 한 분이 느릿느릿 걸어가고 있었다.

운전자도 놀라고 할아버지도 놀란 상황.

자칫하면 큰일이 터지려는 찰나 뛰어가던 김두찬이 근처에 다다랐다.

그가 돌아가는 상황을 보고서 저도 모르게 방향을 틀었다.

이것저것 깊이 생각할 계제가 아니었다.

우선은 할아버지를 안전하게 살리고 봐야 할 터였다.

'근데 이게 될까? 제발, 제발!'

김두찬이 어떻게든 할아버지를 살리겠다는 의지를 발현했다.

그러자 그의 S랭크 특전 중 고양이 몸놀림이 이에 반응했다.

달려가는 속도를 줄이지 않고 도약을 하는 순간 김두찬의 몸이 무려 2미터 가량을 붕 날았다.

그때 이미 바이크는 핸들을 꺾었으나 할아버지와의 충돌을 피할 수는 없었다.

"아아아아!"

바이크 운전자가 고함을 내질렀고, 할아버지는 혼미해져서 굳어버렸다.

절체절명의 순간!

턱! 콰당탕!

김두찬이 할아버지의 몸을 끌어안고 인도 쪽으로 튕겨나갔다.

콰다다당! 터텅!

바이크 운전자는 옆으로 고꾸라졌다.

바이크는 바닥에 튕겨 저 멀리 처박혔고, 운전자는 아스팔트 바닥에서 몇 바퀴를 굴렀다.

"크으……!"

김두찬이 할아버지를 품에 안은 채 신음을 흘렸다.

팔과 다리가 욱신거리는 게 아무래도 상당히 까진 모양이었다.

"두찬 씨! 괜찮아요?"

"이거 어떻게 된 거야! 괜찮은 거야? 어?"

김두찬을 따르며 상황을 지켜보다 놀라서 달려온 송하연과 주정군이 물었다.

황성주도 놀라긴 마찬가지였지만 김두찬의 모습을 담아야 해서 입을 꾹 다물었다.

"아… 네. 할아버지, 괜찮으세요?"

눌린 음성으로 대답을 한 김두찬이 바로 할아버지의 안위부터 살폈다.

할아버지는 눈을 꼭 감은 채 사지를 바들바들 떨고 있었다.

놀라긴 한 모양이지만 어디를 크게 다치지는 않아 보였다.

"할아버지?"

"내, 내가 어찌 된 거야……."

"하아, 다행이다."

김두찬과 촬영팀 모두 안도의 한숨을 내쉬었다.

그들의 주변으로 지나가던 사람들이 우르르 몰려들었다.

김두찬이 얼른 할아버지를 일으켜 세워주었다.

가슴을 쓸어내리면서 지팡이에 의지해 겨우 중심을 잡고 선 할아버지가 아직도 얼떨떨한 얼굴로 이를 딱딱 부딪쳤다.

한데 그런 할아버지를 바라보던 주정군의 눈이 휘둥그레졌다.

"어? 영감님!"

주정군 피디가 놀라 소리침과 동시에 김두찬의 눈앞에 메시지가 떠올랐다.

[퀘스트: 세 개의 생명을 살려라. 1/3]

『호감 받고 성공 더!』 4권에 계속…